金色（こんじき）の文字使い（ワードマスター）6
—勇者四人に巻き込まれたユニークチート—

十本スイ

ファンタジア文庫

2386

口絵・本文イラスト　すまき俊悟

CONTENTS

異世界【イデア】エリアマップ

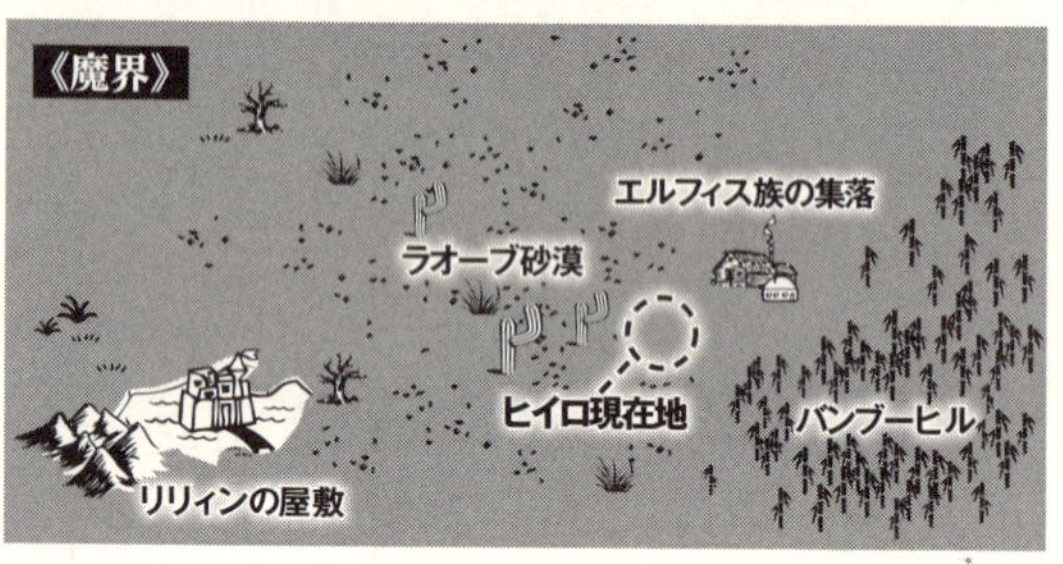

▶▶▶ ヒイロ パーティ ◀◀◀

丘村日色（おかむら ひいろ） Lv.86 HP:1875 MP:3240

《魔法》文字魔法（一文字解放・空中文字解放・二文字解放…）
《称号》巻き込まれた者・異世界人・文字使い・グルメ野郎…
▶異世界に召喚された高校生。綴った文字のイメージを具現化する《文字魔法》を使い、旅を続けている。

リリィン・リ・レイシス・レッドローズ Lv.154 HP:6713 MP:7046

《魔法》幻夢魔法（一次幻惑解放・二次幻惑解放・夢喰い解放…）
《称号》幻と共に生きる者・ユニークジェノサイダー・赤バラの魔女…
▶魔界の辺境で暮らしていた尊大な魔女。ヒイロの存在にある可能性を見出し、旅立ちを決意する。

シウバ・プルーティス Lv.82 HP:1280 MP:6080

《魔法》プールボール（闇）、ダークゲート（闇）…
《称号》闇の精霊・異端者・変態執事…
▶精霊の中でも異端の"闇の精霊"。執事としてリリィンに仕える。

シャモエ・アーニール Lv.25 HP:230 MP:135

《魔法》—
《称号》家族思い・禁忌・リリィンの従者…
▶リリィンに仕える心優しき天然ドジっ娘メイド。

プロローグ

【人間国・ヴィクトリアス】では、国王であるルドルフ・ヴァン・ストラウス・アルクレイアムと、その娘であるリリスの生誕祭が開かれていた。奇しくも二人は生まれた月日が同じなのである。

生誕祭といっても、国を挙げての一大イベントというわけではない。祭りと呼ばれてはいるものの、その実は、城で細やかな誕生パーティを開く程度のもの。しかしその祝いの席にやって来るのは、どの人物も名が知られている大物である。

王族に連なる者はもちろんのこと、著名な作家や音楽家、画家や料理人、さらに名のある冒険者など、その顔触れは凄まじいの一言。誰もが一度は名を聞いたことのある者たちばかりが集う。

立食パーティとして、皆が複数あるテーブルを囲って酒や食事を楽しんでいる。

「おめでとう、リリス！」

著名人たちへの挨拶回りで大分疲れが見えていたリリスに声を掛けたのは、この国が命運を懸けて異世界から召喚した四人の勇者のうちの一人である青山大志だ。

「あ、タイシ様！」

リリスは嬉しそうに、疲れが吹き飛んだような満面の笑みを作って駆け寄る。いつもはあまり化粧などしない彼女だが、このおめでたい席で、いつも以上に王女らしい気品溢れるメイクアップをしていた。派手過ぎず、とてもよく似合っている。可愛らしい上に、さらに輝きを増している彼女を見て、大志が頬を染めてゴクリと喉を鳴らす。

「う……可愛い……っ」

笑顔を向けて、子犬のように駆け寄ってくる姿は、つい抱きしめたくなる衝動にかられるほど魅力にみちている。

大志も彼女の美貌に当てられたようにポカンとなってジッと見つめていた。

「ぐふっ！」

突然大志の横腹にドスッと衝撃が走る。見てみると、一人の少女が繰り出したであろう肘鉄がめり込んでいた。

「な……何すんだよぉ千佳ぁ……っ！」

彼女は彼と同じく召喚された勇者の一人である鈴宮千佳。血色の良い健康肌をしていて、スレンダーボディをしている。しかも今着ているドレスは、スリットが入っている青いチ

ヤイナドレスのような服で、スポーティな彼女にとても似合っていた。

だがそんな彼女は今、不機嫌そうに口を尖らせて肘鉄をかましている。

「べっつに〜、ただいやらしい目つきでリリスを見てたから注意をしただけよ！」

「あ、あのなぁ……注意って、これは暴力だしって、そもそもいやらしい目でなんか……」

「見てないっての？　んん？」

「そ、それは……」

駆け寄ってきたリリスの、胸元が開いたピンクのドレスを見て、大志は頬を赤らめて目を逸らして答える。その視線を逃さず捉えた千佳は目つぶしをする。

「ぎゃあっ⁉」

「タ、タイシ様っ⁉」

「ふ、ふん！　自業自得よまったく！　このエロエロ勇者っ！」

目を押さえながら慌てふためく大志に、彼を支えようとしてオロオロしだすリリス。そして腕を組みながら口を膨らませてそっぽを向く千佳。

そんな三人を少し遠い場所で見ていた二人が居た。彼女たち二人も、大志や千佳と同じく召喚された勇者だ。

黄色を基調とした丈の長いドレスを着て、その豊満な胸を隠しても隠し切れていない恰好をしているのが皆本朱里。紺色のショートドレスを着て、皿に載った食べ物を持っている赤森しのぶの二人である。

「にゃはは、大志っちも大変やねぇ～」

我関せずといった感じの第三者的な立場で、食べ物を口に放り込みながら喋るしのぶ。

「で、ですがあれは大志さんも悪いですよ」

「そうかなぁ～、まあ大志っちを手に入れようとするんやったら、ホンマに大変やろうけどな～」

「そ、そうですね」

「ん……朱里っちは行かんでもええの？」

「え？　わ、私ですか？　い、いえ、私なんか……」

そう言いながら視線を三人に移す。いまだに大志が二人に詰め寄られ何かを言われている様子が映る。

「あ、あの中に入って行く勇気がありません……」

「にゃはは、せやろな～。ありゃパワーいるわ～」

大人しい朱里にとって、あのような修羅場にはとても立つことができないだろう。

しのぶが「ムフフ」と顔を綻ばす。

「や～っぱオモロイな、人の恋愛(れんあい)って」

「何か他人事(ひとごと)ですね。しのぶさんだって、興味はあるでしょう？」

「え？　あぁ～せやなぁ、まあ人並みやけどな」

「そうですよね。女の子ですもんね」

　朱里が目を輝かせて、千佳やリリスを見ている姿をしのぶは横目で見てニヤリと笑みを溢(こぼ)す。

「おんやぁ、もしかしてぇ……」

「な、何です？」

「朱里っち……好きな人おるん？」

「べ、別にいません！」

「大志っちがほしいんなら、あん中に飛び込まなあかんで？」

「だ、だからいないって言ってるじゃないですか！」

「にゃはは～、ごめんごめん、からかい過ぎたわ～」

「もう、酷(ひど)いですぅ」

　そこへ話を終えたのか、三人が朱里たちに向かって来た。大志は見るからにどんよりして疲れた様子を見せている。

「お疲れさん大志っち！」

「見てたなら助けてくれよぉ……」

「嫌やわ！　こんなオモロイもん、何で止めなアカンの？」

「あのなぁ……」

ぐったりと肩を落とす大志を、しのぶは笑い飛ばす。するとそんな彼にドカッと誰かがぶつかる。

「おわぁっ!?」

大志は前のめりに転びそうになるのを必死で踏ん張り耐える。しかしぶつかった相手はその衝撃で何かを落としたのか、地面に膝をつき探し始めた。

「す、すみませんッス！　完全にこっちの不注意だったッス！」

言いながらも、まだ探し続けている。

「え？　あ、いや、俺は大丈夫でしたけど……どうかしたんですか？」

必死に何かを探している人物を見下ろしながら言う大志。その人物は男性のようで黒いタキシードを着用している。

「どないされたんですか？」

しのぶが聞くと、その人物はまだ何かを探しつつ答える。

「え、ええ、眼鏡を落としたようッス。何も見えないんスよ」

それはいけないと思い、その場にいる者が一緒に探し始めた。

「――――あ、コレじゃない？」

千佳が見つけて、その人物に手渡す。するとその人物は丁寧に何度も頭を下げる。

「これはこれはご親切にどうもッス。ぶつかったのはこっちなのにありがとうッス」

「いやいや、困った時はお互い様ですよ」

大志はそう言うと彼を観察するように見る。

深緑色の髪の毛が腰まで伸びていて、それを後ろで結っている。強いクセっ毛のようで、ところどころ撥ねまくっている感じだ。また前髪が長く、目が完全に隠れて見えていない。

大きな丸眼鏡をかけているようだが、これでは前が見えないのではとつい心配に思ってしまう。年齢は大志たちとそう変わらないように見える。若干年上といった青年だ。

「いやぁ～、ホント助かったッス。そっちは大丈夫だったッスか？」

「いやいや、大丈夫ですよ」

青年は、ハニカミながら頭をかく。

「そうッスか。それは安心したッス」

「あの……」

そんな二人のやり取りの間に入ってきたのはリリスの声だ。

「ん？　どうしたのリリス？」

「い、いえ、あの……もしかしてナザーさんでしょうか？」

彼女の言葉に青年はピクリと眉を動かす。

「……知り合い？」

大志が聞くとリリスは微かに顎を引く。

「あ、いえ、こちらが一方的に存じ上げているだけでして、その……」

「有名な人なん？」

しのぶがそう聞くと、またもリリスが微かに顎を引いて肯定を表現する。

「はい。そうですよね、ナザーさん？」

すると今まで黙っていた青年は突然ニコッと白い歯を見せて、

「いや〜、あんまりこういう場には出席しないッスから、顔は知られてないって思ってたッスけど」

恐縮するように頭を掻きながら続ける。

「そうッス。僕はナザーって言うッス。ナザー・スクライド。よろしくッス」

そう言って握手を求めてきたので、リリスは両手でそれに応える。

「お会いできて光栄ですわ」

「な、なあリリス、俺たちにも紹介してくれないか？」

「あ、す、すみませんでした！　えと、こちらはナザー・スクライドさん。とても有名な画家のお一人です」

「いやいや、有名だなんて……それほどでもあるッスかね！」

突如胸を張って言う彼を見て、親近感が伝わってくるような人だと大志たちは思ったのか頬が緩んでいる。

「もしかして父と私のためにいらしてくださったのですか？」

「そうッス。まあ以前からお誘いは受けてたんスけど、忙しくてなかなか来られなくてッスね」

「そうだったのですか」

「あ、忘れてたッス！　この度はおめでとうございます！」

そう言って頭を下げるナザーを見て、リリスは嬉しそうに笑みを浮かべながら、ドレスの端を両手で持って軽く膝を折り会釈をする。

「わざわざありがとうございます。どうぞ、今夜は存分にお楽しみくださいませ」

王女の顔になり、丁寧に言葉を出していく。

「そうしたいんスけど、やらなきゃならない仕事がまだ残ってるんスよ」

「もうお帰りになられるのですか？」

「残念ッスけど」

「そうですか……いえ、この度はご来訪頂きまして本当に嬉しく思います。帰り道は暗くなっております。どうぞお気を付けくださいませ」

「ハハ、恐縮ッス。では」

ナザーは軽く手を振ると足早に去って行く。

「そんなに有名なのか、あの人？」

「はいタイシ様。彼が描く絵画はどれも素晴らしく、見てください、アレもそのお一つですよ」

そう言って彼女が指を差したのは、パーティ会場の壁に飾られてある、大きな額に入っている絵画だ。

それは、女神の周りを数人の天使が舞っている絵であり、背景には動物や人間も描かれてあり、皆が楽しそうに踊っている。

「《楽園》という絵画です。父が一目で気に入り、無理を言って知人から買い取ったものらしいのです」

「へぇ〜、確かに何かこう温かくなるような絵だよなぁ。みんな幸せそうで、見てるこっちもそんな気分になってくる」

「はい。それに彼は多才で、絵本も書いておられるのです」

「そうなのか？」

「私も小さい頃からよく読んでいた《ほしのおくりもの》という絵本があるのですが、今でも大切に保管してあります」

「どんな内容なん？」

興味をそそられたのか、しのぶが聞いてきた。

「とても素晴らしいお話ですよ」

そうして物語の概要が彼女の口から語られる。

夜空にはたくさんの星がある。星たちはいつもいろんな世界を見渡している。その中で、一つの星がある世界に注目した。そこにはたくさんの人が住んでいた。

しかし緑が少なく砂漠のような荒野ばかりで、食べ物があまり育たない世界であり、皆はいつも腹ペコで暮らしていた。そんな彼らを不憫に思った星は、ある日、人の姿をしてその世界に降り立つ。

そして飢えに苦しんでいる人たちのために、《ほしのたね》というものを大地に植えた。

するとどうしたことか、植えた場所から様々な作物が育っていくではないか。

瞬く間に砂漠が豊かな緑へと変わっていく。それを見た世界の人々は、星に感謝した。

これでお腹一杯に食べられると喜び、皆が笑顔になった。

しかし、《ほしのたね》というのは星自身の命でもあった。豊かな自然と引き換えに星は、その命を失うことになる。

人々は感謝の意を込めて星の像を作った。そしてこの世界を、もっと豊かにしていくと星に誓って、皆が手を取り合って素晴らしい世界を作っていくという物語。

「ええ子やねぇ～その星の子。いや、子供なんかは分からへんねんけどな」

自分に突っ込みを入れるしのぶだが、話そのものには感動したようだ。

「はい。私もこのお話が大好きで、今もたまにですが読み返すこともあります」

「その本をあの人がなぁ。人は見かけによらないって言うけど……」

大志が感心していると、千佳が横槍を入れてくる。

「ま、大志には逆立ちしてもそんな感動的な物語は書けないわね、絶対。間違いなく」

「さっきから棘があるぞ千佳」

「だ、だってアンタが……その……うぅ～、このドレスだって頑張ったのにぃ……」

「はあ？　何だって？」

「何でもないわよバカ！　この鈍感大志！」

「痛っ⁉」

　足を踏まれ呻き声を上げる大志。

「な、何すんだよ千佳！」

「知らないわよ！」

「意味分かんないし⁉」

　その二人を見て、しのぶは半目で嘆息する。誰にも聞こえないほどの小声で呟く。

「アカンて千佳っち。ドレスを褒めるなんて高等技。甲斐性なしの大志っちができるわけあらへんやん」

　千佳はただ、ドレス姿の感想を言ってほしかったのだが、全くと言っていいほど気づいておらず、しかもリリスに見惚れている大志にヤキモチを焼いて、つい八つ当たりしてしまったのだろう。

　千佳の気持ちが分かり、さすがにリリスも何も言えないのか苦笑している。朱里もまた溜め息を吐いているところを見ると、千佳に同情しているのだろう。

　そんなほのぼのムードの勇者たち一行を、柱の陰から見つめる存在がいた。

　それは、先程勇者たちと会話をしていた――ナザーである。

「アレが勇者ッスか……ようやくこの目で見れたッスね」

丸眼鏡を光らせジッと彼らを見つめていると、ふと何者かの視線に気づく。その視線の主に目を向けたが、そこから逃げ出そうともせず、逆に見つめ返していた。

「……大丈夫ッスよ。何も起こらない限り手は出さないッスから」

距離があるので声は聞こえないだろうが、読唇できるように大きく口を動かす。その人物も納得したように視線を切った。

「ハハ、現役を退いてもやっぱ怖いッスね――ジュドムさんは」

彼と目が合っていたのは、この国のギルドマスターであるジュドム・ランカース。彼もこの生誕祭に呼ばれていたのだ。

※

ジュドム・ランカースは生誕祭に呼ばれたので、こうして城まで足を運んできた。国王の親友というのもあるが、一度勇者という存在をこの目で確かめておきたかったのだ。

以前、この国の軍隊の隊長の一人――ウェル・キンブルという青年に、勇者を鍛えてほしいと頼まれたがズバッと断った。

それで諦めると思っていたが、あれから何度も何度も頼みに来るのだ。あまりにしつこいので、一度この目で見てから判断してやるとその場凌ぎに言った。無論見たところで結局は断るつもりなのだが、一度勇者という存在を見てみたいと思ったのも確かである。

だからこうして生誕祭を口実に確認しに来たのだ。しかしそこで思わぬ人物の存在に気づく。それが――ナザー・スクライド。

彼は画家として名を馳せており、国王もその手腕に惚れていて、絵画を何点も購入している。確かに彼が描く絵はどれも素晴らしく、見る者の心を動かす。

しかし彼はそれだけの男ではない。そのことをジュドムはよく知っている。

(今回はナザーとして潜入というわけか……)

この前は確か、テニー・クウェスという名前の獣人画家だったはず。

何度か一緒に仕事をしたこともあり、彼が何者なのか理解しているジュドムだが、こんな小さなパーティに顔を出してくるとは思っていなかったのだ。

今、そんな彼が、勇者たちを柱の陰からこっそりと観察していることに気づき、何か事を起こすのかと思い彼に注意を向けた。

すると彼も気づいたようで、ジュドムの目を見返してくる。言葉は聞こえないが、彼の口の動きを読む。どうやら勇者たちには手は出さないということらしい。

ジュドムは彼の人となりを知っている。確かにバカなことをするような人物ではない。

それが分かっているので、彼から視線を外し、そのまま今度は勇者たちを見やる。

（アレが今代の勇者か。何ともまあ…………ただのガキじゃねえか）

楽しそうにヘラヘラと笑っている彼らを見て思わず苦笑する。

（ルドルフよ、こんなガキどもに命運を懸けちまうのか、お前さんはよ……）

寂しさを覚える。いまだに大物たちとの会合をしている国王を遠目に発見し、

（自分の娘を犠牲にして何やってんだ。……お前は国王なんだぞルドルフ。こんな生誕祭なんかするよりも、しなきゃなんねえことがあんだろうが）

厳しい表情でルドルフを一瞥すると、踵を返してその場から立ち去る。

煌びやかな祭り。現状の問題を覆い隠し、目先の利益だけを求めているようなこの催しが酷く茶番に思える。ここにいるだけで苛立ちがどんどん募っていく。

（やっぱ、俺が動くしかねえのかよ……）

国には任せられない。このままだといずれ遠くない未来――国が亡ぶ。そんな強い予感がジュドムの脳裏を過ぎることになった。

※

生誕祭が終わりその夜――国王ルドルフは、執務室で大臣であるデニス・ノーマンと話をしていた。内容は『魔人族』の王であるイヴェアム・グラン・アーリー・イブニングからの会談要請についてである。

鍵のかけてある机の引き出しを開け、そこから一通の書簡を取り出す。それが件の会談の内容が書かれてある書簡。

デニスはそれを見て、難しい表情を浮かべる。

「やはり本気のようですな」

「うむぅ……」

実は送られてきた書簡は今手元に置いてある一通だけではない。他にも同盟締結することにより生まれる双方のメリットを事細かに書いたものもある。

今の『獣人族』の内情など、同盟締結するための必死さが目に見えて理解できるような書簡がかなり送られてきている。

その中には今の『魔人族』がどういう考えを持っているのかを書いたものまである。

「この前、あの男を呼んで話しましたが、どうも信じていいものか迷いますな」

「ジュドムか……」

魔人と獣人との戦争が即時（そくじ）終結し、その後すぐに魔王（イヴェアム）から同盟の話が来た時に、ジュドムを交えて話し合った。

これまでも対談を必要と思って進言までしていたジュドムは大いに喜び、同盟の話を受けることを支持する。しかしデニスがそこで反論した。

確かに同盟が成れば、少なくとも『魔人族』と『人間族』間で争いは無くなり、平和な時間を作れるかもしれない。しかし、それもやはり希望的観測。

これまで『魔人族』がやってきたことを鑑（かんが）みると、素直（すなお）に首を縦に振（ふ）れば痛い目に遭（あ）うに違（ちが）いないのだ。

先の同盟での裏切りや、過去に『魔人族』が行ってきた人間を《魔人化》させるための非道な行い。

特に《魔人化》の件では、多くの人間や獣人が狩（か）られ、魔人が所有する特別な実験場所に閉じ込められた。だが結局、実験は失敗に終わり、残ったのは数多くの死体だけ。

かなり昔の話ではあるが、実際に関（かか）わった魔人は今も生きている。それは彼らが長命だから。もしまた再開させようと画策しているのであれば、今回のことも人間を油断させて陰（かげ）から狩ろうとしているだけなのかもしれない。

そんな懸念が払拭できていないので、デニスは同盟の危険性を説いてルドルフに進言した。だがジュドムは、過去は過去だと割り切れと言ってくる。

非人道的な行いをしてきたのは、何も『魔人族』だけではない。自分たち人間だって多くの悲しみを作り、憎しみを広げていったという。

捕まえた魔人の身体に爆弾を植えつけ、彼らの集落を破壊したり、獣人を虐げて奴隷化したりと、神をも畏れぬ行為はお互いにしてきた。

それでも過去は過去。いつまでも過去を引きずり後悔ばかりしていて前を見ないでいると、本当に大切な局面を逃してしまうと。どちらにも非はあり、言い分だってある。だがそれはあくまでも過去。

大切なのは今でありこれからなのである。過去のようなことを起こさせたくないのであれば、遥か昔——全ての生物が手と手を取り合って生きていた昔のように、和解してともに暮らすべきだとジュドムは熱く語った。

ルドルフにしてみれば二人の言っていることはどちらも理に適っている。『魔人族』の危険性を考慮して、必要以上に近づけず、警戒し続けることがベストだというデニスの意見。

昔のように手を取り合って仲良く暮らせる可能性があるなら、それを追求すべきだというジュドムの意見。そのどちらも正解だとルドルフは思う。

しかしもしかしたらどちらかが不正解であり、その選択いかんでは『人間族』は滅ぼされてしまうかもしれないのである。だからこそ安易に決断できずにいる。

いや、ルドルフの中で本当はすでに答えは出ていた。『魔人族』を――魔王を滅ぼすために自分の娘まで犠牲にしたのだ。ここで手を引いて、もし殺されでもしたら、娘たちは何のために犠牲になったのか分からなくなる。

そうジュドムに言った時、彼は国王である自分の襟首を掴み上げ、物凄い形相で言葉をぶつけてきた。

『だったら尚更だろうが！　皆を平和にして、てめえの子供らがあの世で泣いて喜ぶような世界を作ればいいだろうがよぉ！』

いつまでも誰かに怯えず、皆が笑顔になれるような世界。そんな世界でも作らなければ、娘たちの命はムダになるんだよ、とジュドムは顔を真っ赤にしていた。

首元の窮屈さに顔を歪めながら、ルドルフは静かに「少し考えさせてくれ」とだけ言うと、ジュドムは不愉快そうに眉を寄せながらも、会談を破棄するという言葉が無いだけマシだと思ったのか、静かに一言――。

『いいか、会談の時、俺も出る。だから迷うな。平和を掴むには、闇の中に手を入れなきゃなんねえ時もあらぁな。俺が守ってやる。だから……頼んだぜルドルフ』

そう言ってその場から去って行った。

二人は執務室で、そのようなやり取りをしたことを思い出して苦笑を浮かべている。特にデニスは、幾ら親友であろうと国のトップに摑みかかったことに憤りを覚えていた。

「まったく、だからあのような粗暴な男と縁を切られてはと何度も——」

「デニス」

ルドルフから刺すような視線を受けて、少し言い過ぎたと思ったようで、渋面を作りながらも丁寧に謝罪する。

「しかし国王様……」

「ああ、全てはこれからだ。何もムダにはしない。私の娘の命も……決してムダにはしない」

「そ、それではお決めになられたので？」

若干期待混じりの声を出すデニス。

「ああ、時期を見て会談に出向こう」

「なっ⁉　そ、それはなりませんぞ！　も、もし奴らが！」

デニスは慌てて国王の考えを変えようと言葉を発する。

「分かっておる」

「え……？」

「会談には出る。言ったであろう。娘の命や、これまで散った者たちの命はムダにはせん」

「こ、国王様……？」

「無論ジュドムも連れて行く。そしてキーとなるのは……勇者だ」

「勇者……ですか？」

「ああ、鍵は彼らだ。前も言った通り、会談まで不自然でないほどの期間を魔王から貰う。その間に…………整える準備は全て行う」

その目にはもう迷いなどなかった。さすが一国の主、その覇気に当てられデニスはゴクリと息を呑んでいる。

「計画は——もう立ててある」

第一章　エルフィス族の集落

「ったく、毎度毎度、この環境変化だけは何とかならないのか？」

開口一番、愚痴を溢した丘村日色は、忌々しげに天空を睨みながら溜め息を落とす。

少し前までは太陽を雲が覆い隠して、好い具合の気温で歩きやすい状況だった。それがいきなり天を覆っていた雲が消失し、強烈な日差しが日色の頭の上に降りかかっている。

気温も先程と比べて跳ね上がっており、歩いていると全身から汗が流れるほどだ。

季節的にいえば夏ももう過ぎて秋に差し掛かっている頃だというのに、まったくお構いなしの気候である。

「フン、仕方なかろう。魔界とはこういうところだ。前にも言ったと思うが、早く慣れろ」

偉そうな物言いで日色に向かって言うのは、少し前に新しく旅仲間となった――リリィン・リ・レイシス・レッドローズ。炎のような真っ赤な髪を持つ、見た目が幼女で尊大な態度が特徴の人物だ。

ガタガタガタガタと音を立てながら動くリヤカーに設置されている高級感を感じさせる

ダークグレイ色の一人用のソファの上で、リリィンはゆったりと腰を落ち着かせている。

大きな荷台には、こちらも高価そうな絨毯が敷かれてあり、彼女が退屈した時に読むための本なども置かれていた。

リリィンの言うように、ここ魔界は魔人という種族が住み、三大陸である人間が住む人間界、獣人が住む獣人界と比べても、環境が最も厳しいとされている。

出現するモンスターの数も多く、そのほとんどが単独で挑むのは危険とされているSランク以上。人間界や獣人界に生息していたFランクや、Cランクなどのモンスターが懐かしく思える。

また環境自体も常識では考えられなくて、雨が降ったと思ったら急に晴れ、数分後に雪が降るなどという気象状況も普通に起こるのだ。

（魔界の厳しさは退屈しないと思うが、さすがに精神的に疲労感は溜まりやすいよな）

こうコロコロ環境が変わると、精神的にも応えてくる。穏やかに冒険できていた他の二大陸が本当に懐かしい。

「ノフォフォフォフォ！　こうして久々に誰かと旅をするというのは良いものですなぁ！」

変わった笑い方をしながら、リリィンが乗っているリヤカーを引くのは、彼女に仕えている執事のシウバ・プルーティスだ。黙っていると渋いダンディな見た目であり、白髪と髭がさらにジジイ感をアップさせている。

　彼は人間、獣人、魔人のどれでもなく、もう一つの種族である『精霊族』のカテゴリーに入る――精霊なのだが、勝手に大人しく知的なイメージを持っていた日色の考えを大いに覆すほどの存在である。簡単に言うと……喧しい。

「むむむ！　ノフォフォフォ……ノフォフォフォ……！」

　リヤカーを引きながら、彼が牽制のごとくチラ見している。その視線の先にあるのは、ある一人の少女…………の胸。

　リリィンと同じようにリヤカーに乗り、うちわで彼女を扇いでいる少女の名は、シャモエ・アーニールという。鮮やかなピンク色の髪とメイド服、そして……巨大な胸が特徴のメイドである。彼女もまたリリィンに仕えているのだ。

　リヤカーが揺れる度に、彼女の胸もまたブリュンブリュンと揺れている。明らかにそれを変態がロックオンしているようだ。さすがは自他ともに認める女好きである。

　すると、まるで転移したようにリリィンの姿が消え、

「さっきから何を見とるか、ケダモノがぁぁぁっ!?」

「あふぃーじょぼぉぉぉっ!?」

　踵落としで脳天杭打ちをくらい、地面へと倒れるシウバ。どうやら彼の主は、いやらし

い視線に気づいていたようだ。

「ふぇぇぇぇぇっ⁉　シウバ様ぁぁ、だ、だ、大丈夫ですかぁぁっ⁉」

「放っておけ、シャモエ！　そんな変態、ここで死んだ方が世のためだ！」

「ぐ……っ、お、お嬢様……！」

「ちっ、まだ生きてたか」

鼻から血を流しながら、震える手でグーサインを出すシウバ。そして……。

「きょ、今日は……赤……ですな」

「んなっ⁉」

モミジのように真っ赤に染まるリリィンの顔。同時にスカートを押さえたリリィン。

（……赤？　何の色だ……？　髪のことか？　でも今日？）

日色は分からず眉をひそめていると、

「ノフォフォ……グッジョブ！」

「死ねぇぇぇぇいっ！」

「ばっふゆんっ⁉」

顔面をさらに踏みつけられるシウバ。しかしどことなく彼は幸せそうだ。

これはいつもの光景。会った時から何一つ変わらない彼女たちの日常。

それに順応してきた日色なのだが、

(人間って怖いよなぁ)

慣れってのは恐ろしいものだと身震いしてしまう。

ただやはり先程の赤というのが気になる。

「……なあ、赤とは何のことだ?」

「にゃっ!? にゃにを言っちぇるっ!」

「何を噛んでるんだ? しかもそんな真っ赤な顔をして」

「っ!? む、むぅぅぅ……っ」

何故か思い切り睨まれているのだが、意味が分からない。

「ノフォフォフォフォ! ではこのわたくしがお教え致しましょう! 赤とはそう、お嬢様のおパンぶりゅうにゃくぅぅっ!?」

回転回し蹴りを鼻っぱしらに受け、吹き飛んでいくシウバ。

「はあはあ……くそっ! どうやったらアイツは死ぬんだ!」

肩を激しく上下させる幼女。……この話題には触れない方が良いようだ。

一応空気は読める方だと自負しているので、それ以上〝赤〟については言及しなかった。

(ん~しかし〝おぱん〟とは何のことだろうか……?)

それでも少し気になっていた日色だった。

(う～ん……飯に関係することか？　いや、パンのことか？　それなら今朝食べたパン……いや、赤くはなかったような…………ん？)

どうでもいいことなのだが、何となく考えていると、不意に頬を何かが濡らす。

「……おいおい、マジか」

少し目を離していた隙に、空を見上げれば曇天が広がっていた。快晴だったはずなのに。そして稲光が輝き、次いで耳をつんざくような雷鳴とともに雷が降って来た。少し遠目にある大木を貫き発火させる。

次第に風も強くなってきて、ゲリラ豪雨かと思うほどの雨量が大地を叩き始めた。雨の勢いで皮膚が痛い。

(あ～…………ウゼェ……)

日色がその背に乗っている、広大な大陸を移動するために仲間にしたライドピークというダチョウ型モンスターのミカヅキも、雨の勢いにまいっているのか、「クイクイ～！」と何度も頭を振っている。

「これはいけませんぞ！　雨宿りできる場所を確保せねば！」

吹き飛ばされたはずのシウバが、何事もなかったかのようにすぐに復活して近づいてくる。だが近づいてきたのは、彼だけではなかった。

地面がボコボコボコッと膨らみ始めたと思ったら、そこから巨大な生物が姿を現す。

見た目は日色の数倍はあろうかと思うもぐらのような生き物で、鼻自体がドリル化している奇妙なモンスターである。よく見れば、ギュイイィィンとドリルが回っているのが分かった。

「ほほう、ドリルモグラではないか。気をつけろよ、ヒイロ。名前は可愛いが、れっきとした人食いモンスターだぞ」

リリィンからの忠告。言われなくても、相手が明らかな殺意を飛ばしてきていることは伝わってきている。

それと名前も可愛くはない。ドリルだぞ、ドリル。

「シウバ、ちゃんと守るのだぞ」

「畏まりました、お嬢様！　このシウバ・プルーティス、身命を賭してお守り致します！」

別に守らなくても、リリィンならばSランクのモンスターごとき瞬殺できるはずなのだが、彼女はめんどくさそうに肩を竦めている。きっと雨に濡れて気分が出ないのだろう。

実に気分屋の彼女らしい。

（しかし気持ちも分かる。この雨……視界が悪い。それに服が濡れて重い）

普段ならSランクモンスター程度はどうってことない。それだけ日色も強くなっている。

しかしこの状況、かなり動きに制限がかかってしまう。

（――と、普通なら考えるが。舐めるなよ！）

日色はキッと視線を鋭くさせると、右手の人差し指に魔力を集中させる。ポワッと青白い光が指先に灯った直後、すかさず動かしていく。

青の軌跡が素早く文字を形成していき、完成されたのは――『土壁』の文字。

それを地面に放って即座に発動。

文字から放電現象が走った瞬間、ゴゴゴゴゴという地響きとともに周囲の地面から土で構成された壁が出現し、数秒後――日色たちを覆うように、直径三十メートルほどの半球状の壁となり、ドーム場のような場所へと姿を変えた。

「こ、これは……っ⁉」

天井を覆った土壁のお蔭で雨も遮ることができたので、シウバも驚きを隠さず見上げている。シャモエは「す、すごいですぅ……！」と呟き、リリィンは「ほう」と興味深そうに微笑んでいた。

「さあ、敵は三体。一気に行くぞ！」

日色は腰に携帯している愛刀の《刺刀・ツラヌキ》を抜き、その白刃を以て、一体のドリルモグラに肉薄する。

相手も迎え撃つつもりで、鼻のドリルを高速回転させながら日色に向かって顔を突き出してくる……が、回避力の高い日色はヒラリと右側に身体を回転させながらかわし、回転力を活かして刀を振るい、鼻を斬り落とそうとした。

キィイインッと小気味の良い鋼同士がぶつかった音が鳴り響く。

（……っ⁉　硬いか！）

生半可な力では鉄のように堅い守りを崩せないようだ。少し後ろに下がって距離を取る。

「む？」

右側のドリルモグラが突然地面に潜り消えた。

「逃げたか……いや！」

足元から何かがやってくる気配――。直感的に悟って、その場から大きく後方へ跳ぶと、先程いた場所からドリルモグラが突き出てきた。

（最近、相手の気配が何となく察知できるようになってきた）

それがいつからといえば、初めて二文字魔法を使ってからのような気がする。

（あの時は死にかけたからな。感覚が死を遠ざけるように鋭くなってるのかもしれない）

初めてユニークモンスターと戦って、もう少しで死にかけた。あの経験があってから、何となく人の視線などの〝意〟を感じ取ることができるようになってきている感じがする。

「だから――後ろから攻撃してくるのも丸分かりだ！」

三体目のドリルモグラが詰め寄ってきていることに気づいていた。

日色は地面に向けてある文字を放ってから、その場を離れる。そして文字がある場所をモンスターが通過した直後に、文字を発動。

発動したのは『雷撃』。雨に濡れたドリルモグラが凄まじい放電に全身を焼かれる。そのままバタリと倒れると、次に相手をするのは地面から出てきた一体だ。

刀身に『伸』の文字を使い、相手の胸に向かって刀身を伸ばした――が、鋼鉄並みの防御力を持つ鼻で弾かれてしまう。

「ちっ！　そう簡単にはいかないか！　なら！」

パッと刀を手放すと、真っ直ぐドリルモグラに詰め寄っていく。駆け寄っていく間に文字を書き、素早い動きで相手の背後をつくと文字を放つ。

相手は反応して、先程の刀身のように鼻で文字を弾こうとした。

「――その文字は弾くことはできないぞ」

鼻にピタリと文字が付着し、ドリルモグラは顔を振って文字を落とそうとするが、粘着したように剝がれない。

背後から最後の一体が突進してくる。しかしそのドリルモグラの両目にグサグサッと食事用に使う白銀のナイフが突き刺さった。

モンスターは目から鮮血を飛び散らせ苦しそうに転倒する。見れば、シウバがニヤリと不敵な笑みを浮かべていた。

さらに痛みで悶えているドリルモグラに対して、彼から黒い塊が放たれると、相手の身体に吸収され、刹那――ドリルモグラの身体を突き破り、黒い針状のものが内部から次々と出現し、断末魔の悲鳴を上げて大地に沈んだ。これが彼の闇魔法の威力だ。

見た目的には結構残酷な倒し方である。

「……ふん、別に手助けはいらなかったがな」

強がりではない。いつでも魔法を使えるように《設置文字》の準備はしていた。しかし彼のお蔭で魔力は温存できたことも確か。

「最後はお前だ！　爆ぜろ、《文字魔法》！」

ドリルモグラの鼻にピタリとくっついたままの文字は『爆炎』。発動した瞬間に、文字から凄まじい炎と爆発が起こる。

これが日本人の日色にとっての異世界である【イデア】に、勇者召喚に巻き込まれて飛ばされてきてから得たファンタジー能力――《文字魔法》。

文字を書き、そこに込められている意味を現象化することができるユニークな魔法。この魔法があるからこそ、日色はモンスター蠢くこの世界でも旅をし続けられてきたといっても過言ではない。名実ともに日色の代名詞だ。

「ほほう、一撃で消し炭にするとは、この土の防壁や先の電撃といい、貴様の魔法は本当に汎用力に優れているな。実に面白い」

日色の正体を見極めるために旅についてきたリリィンが楽しげに笑みを見せている。

「ノフォフォフォフォフォ！　さすがでございますぞ！　どうやらわたくしの加勢は必要なかったようですな！」

「す、すごいですぅ！　ヒイロ様ぁ！」

「クイクイクイクイィィッ！」

シウバ、シャモエ、ミカヅキがそれぞれ感想を述べてくる。まあ、ミカヅキに関しては、近づいて長い舌で舐めてくるので鬱陶しいが。

「ええい！　よさんか、このよだれ鳥め！」

「クイクイクイクイィ〜ッ！」

しかしミカヅキは言うことを聞かずにペロペロと、雨に濡れた日色の顔を舐め回す。水滴がなくなっても、その代わりに涎塗れになるのでは意味がない。むしろベトベトして気持ちが悪い。

「いい加減にしろ、焼き鳥にするぞ！」

「クイィィ～ッ!?」

焼き鳥という言葉に恐怖を抱いたようで、慌ててシャモエの後ろへ逃げ隠れ……いや、隠れられていないが避難するミカヅキ。シャモエが苦笑してミカヅキの頭を撫でていた。


戦闘が終了し、日色は刀に『元』の文字を書いて発動させて、元通りの長さに戻してから、周囲を覆っている土壁を壊し外に出た。

すると先程まで嵐だったくせに、もう晴れ晴れとした空が広がっている。

（ホントにどうなってんだ、魔界の環境は……）

リリィンの言う通りに慣れなければいけないのだろうが、これには当分かかりそうである。そのうち激しい環境変化に対応できず体調を崩さないといいが。

――先に進もうと一歩を踏み出した直後、日色の足元にサクッと一本の矢が刺さった。

（ちっ！　油断してた！）

戦闘が終わり気を緩めていたことを反省しながらも、後退する日色。しかし弓矢を使うモンスターがいるのだろうか、と矢が飛んできたであろう方向に視線を送ると――

「…………魔人？」

木の上に人。尖った耳に褐色の肌、そして黒い翼という特徴を考慮すると、相手が魔人だと判断できる。

しかも数は一人だけでなく、十人ほどの魔人が弓を構えて日色たちを狙っていた。

「動くな！　不審者どもめ！　ここは我らが縄張り！　侵す者は誰であろうと許さぬ！」

どうやら日色たちが、集落を荒らす不届き者に見えているようだ。まあ、いきなり縄張りにこんなドデカイ土壁が形成されれば、ここに住んでいる者たちは不審に思ってしまうのも無理はないが。

「勘違いするな。オレらはお前らなんかに興味はない」

「……何？　見たところインプのようだが……ん、他の者は違うな」

今、日色は『化』の文字を使って、人間から魔人の『インプ族』へと姿を変えている。特徴なのは額から突き出た一本の角だろう。魔人を刺激しないために、良く思われていない人間から、同種の魔人へと変化しているのだ。

現れた者たちのうち、逞しい身体つきをしている男が、リリィンたちを観察し、日色との相違点を見つけて不可思議そうに表情を歪める。

基本的に魔人は、同じ魔人といえども一緒に住んだり、行動したりしないという種族特性を持っているらしい。

故に一族単位で集落を作って魔界に住んでいるのだが、人間や獣人と違って、町や村という形で生活スタイルを維持していない。

だからこそ、日色パーティを見て違和感を覚えているのだろう。ちなみにシウバは精霊ではあるが、見た目的には魔人なので安心だ。最初に会った時も、彼は魔人だと勘違いしてしまっていたので。

(そういえば、赤ロリの種族も気にはなるが、ドジメイドも魔人……なんだろうな)

チラリと、ミカヅキの後ろで身を潜ませているシャモエを見る。彼女の耳がピンと尖っていることから、恐らく魔人だとは思うが、それにしては褐色の肌でもないし、翼も生えていない。

(翼を持ってない魔人もいるとは聞いたことがあるが、褐色の肌じゃないのは何故だ?)

と、いくら考えても推測の域を出ないので止めておく。それよりも問題は、この状況。

「とにかく、ここで暴れた以上は、ケジメをつけさせてもらうぞ。それに例の事件と関わっているかもしれないのだからな!」

……例の事件？　気になることを男が言った。

木の上にいる者たちから敵意が強くなり、弓を引き始めた。

「ふぇぇぇぇっ！　やっぱりお外は怖いですぅ！」

「安心しろ、シャモエ。ワタシの傍を離れなければどうということはない」

「は、はいですぅ！　ミカヅキちゃんもお嬢様に守ってもらいますですぅ！」

「クイクイクイィィッ！」

リリィンの背後へとミカヅキとともにシャモエが移動した。そのリリィンを守るようにして、シウバが前に立って警戒態勢を見せている。

そんな日色たちに対し、男が鋭い眼差しをぶつけながら口を開く。

「とりあえず拘束させてもらう。抵抗するならこのまま討ち取る」

「……ほう。やれるものならやってみろ」

腰に戻した刀を再び抜いて、日色は身構える。一触即発――そんな空気が場を支配していると、

「――――よさんかっ、馬鹿者めっ！」

突然響く怒号に、木の上の者たちがビクッとなり、声の主の方へ慌てて顔を向ける。

そこにいたのは長い口髭が特徴の、男たちと同じような恰好をした老人だ。歳を感じさせるようなシワが顔中に刻まれている。

「こ、これは長！　このようなところへ危険です！」

男が長と呼ばれた老人の前に下り立ち、彼を背にしつつ、日色たちに意識を向けながら警戒している。

「よせと言ったぞ！　お前たちも弓を下げろ！　彼らから事情を聞くのが先であろう！　問答無用で攻撃を仕掛けようとするとは何事だ！」

「し、しかし長！　アレを見てください！」

男が先程日色が作り出した土壁に指を差した。

「先程巡回していたら突然あのような土壁が！　そこから出てきたあの者たちは明らかに怪しいです！　それに例の事件についても何か知っているかもしれません！」

「だからといって、いきなり弓を構えて動くなと言われ反発しない者などおらんだろうが」

「そ、それは……」

「何があったのか、ちゃんと聞いたのか？　どうせ縄張りにいたからといって彼らを敵とみなして拘束しようとしたのではないのか？」

「う……」

「まったく。ここらには凶暴なモンスターもよく出る。もしかしたらモンスターを討伐していただけかもしれないだろうが。それを確かめもせずに一方的に自分たちの意見を押し付けるとは……。お前たちはそれでも誇りある『エルフィス族』かっ！」

「も、申し訳ございませんでしたっ！」

同時に木の上の者たちも、大地に下りてきて、長に跪いている。どうやら戦闘がこれ以上続きそうになかったので、日色もまた刀を鞘に戻した。

長が日色たちに視線を向けてくる。

「……見たところ、旅の者のようだが。こやつらの先走り、謝罪しよう」

「……いや、話が分かる相手が出てきて助かった」

「そう言ってくれて何よりだ。名乗りが遅れたが、儂は『エルフィス族』の族長をしておるエッゼルという。迷惑をかけた詫びに食事などどうかな？　そこでここで何があったのか話を聞かせてほしいんだが」

ちゃっかり情報を収集しようとしてくる。物腰は柔らかいが、彼もまた日色たちを警戒していることには変わりはないようだ。

目の奥に潜んでいる眼光を見れば油断できない――が、

「よし、いいぞ。ただし、食事は絶対だ」

「う、うむ。分かった」

日色にとって、食事と読書は生きがいであり、この世界でやり尽くしたいと思っていることでもある。

そもそも旅に出たのも、ここなら珍しい書物や、美味い食事にありつけるといった理由が一番大きい。それさえあれば、多少無理難題でもこなすほど、日色にとっては大切なファクターなのだ。

『エルフィス族』の長であるエッゼルに連れられてやってきたのは——一つの集落。

森の中に居住区を作っているのだ。

そこには石や土、泥などを使ってピラミッド形に造られた複数の物体があった。恐らくそれが彼らの家なのであろう。その周りには子供たちもいて、興味深そうに日色たちを見ている。

外見的特徴でいえば、髪が金髪で、両耳にサイの角を小さくしたようなものをイヤリングとしてつけていることだ。しかも子供たちもなので、きっと『エルフィス族』を象徴としたものなのかもしれない。

一際大きな家が、エッゼルが住む場所とのことで、日色たちは周りにいた大人たちから不審そうに見られながらも彼の家へ招かれることに。

（しかし鬱陶しい視線だな。何か敵意みたいなものも感じるが……気のせいか？）

それは自分たちに向けられているものに間違いないだろうが、何となくそれは日色というよりは、ミカヅキ――ライドピークに向けられているような気がした。

（もしかしてモンスターが嫌いなのか？　それとも……）

ミカヅキの傍にはシャモエが寄り添って歩いている。

（ドジメイド……？　……いや、まさかな）

どう見たって危険視するような存在には見えないシャモエ。今も怯えたようにオロオロしながらリリィンの傍から離れないように歩いているし。

（……まあ、長の手前、手を出してくることはないと思うが）

何となく気になりながらも、エッゼルの家に入ることになった。中には明かりも存在し、キッチンやベッド、その他、幾つもの部屋まで作られてあり、かなり広い。

エッゼルの家族であろう者たちの姿もあった。その中には子供もいる。孫、だろうか。

長方形の大きめのテーブルを囲み、日色たちは腰を下ろす。

「――なるほど。やはりドリルモグラに襲われていたということだな」

「その通りでございます。我々は、あなた方の集落を荒らす気はございません」

エッゼルに説明したのはシウバである。エッゼルも疑いの視線は向けずに、素直に話を聞いてくれていた。

そこへテーブルの上に大皿が置かれる。上にはサンドイッチのようなものが載っていた。

「先程も言った通り、詫びの印だ。《ワサビーフサンド》という。美味いから食べてみなさい」

確かに美味そうではあるが、先に手を出すには抵抗がある。確かにエッゼルは友好的な接し方をしてくるように見えるが、それが演技でないとは限らないのだ。

ここが人間界で、人間相手ならこんなに渋くなる必要もないだろう。しかし日色は魔界に来て、早々に食事で騙されている過去があるので、おいそれと口にすることはできない。

食べたいという衝動は強いが、毒が入っていたり、それに準ずる薬のようなものが混入していたりしたら目も当てられないから。

リリィンもまた日色と同じことを考えているのか、皿には手を伸ばさず、チラリとシウバに目配せをする。するとシウバがニッコリと微笑み、《ワサビーフサンド》を手に取った。

「はむ……んぐんぐ、んお～、このツーンと鼻に抜ける山葵の香りに、お肉の味がマッチして、これはもう素晴らしい一品ですなぁ！　是非とも食べる価値がございますよ！」

つまりは食べても大丈夫だというニュアンスだ。

シウバの身体の構造は甚だ謎に包まれているが、毒などが効かない体質だということは、これまでの冒険から知っているので、リリィンもまた彼に毒見をさせたのだろう。

これで安心して日色も食べることができる。黄緑色に染まったどろりとしたものが、パンに挟まれている。

「あむ…………んん〜っ」

シウバの言う通り、この鼻を突き抜けるような刺激は山葵に間違いない。ただ強烈なものではなく、風味程度のものなのでその刺激が心地好い。

それに肉のコリコリした食感も良く、山葵との相性も抜群なのか、美味さを互いに引き立てている感じだ。また卵も加えているのか、味がマイルドにもなっている。

(これは美味いな。山葵をこんな感じに使うとは、なかなかやるじゃないか)

妙な連中に殺気をぶつけられ不快だったが、一気に機嫌が上向きになる日色。やはり美味いものは正義である。

「……ところで旅の者たちよ」

静かに口を開くエッゼルに、自然と皆の意識が向く。

「そろそろ日も沈むだろう。詫びになるかは分からぬが、良かったら今日一日くらいこの家でゆっくりしていってくれんか」

　エッゼルの提案にリリィンが「ふむ」と顎に手をやり思案顔を作る。

　日色も、野宿するよりは食事も用意されると思うので、個人的には賛成だが……。

「そうだな。せっかくだし世話をさせてやろう」

　相変わらずの尊大な態度だが、リリィンも提案を受けるようだ。

　日色一行は、ありがたく世話になることにした。


　日色がいた日本のように街灯などがないので、魔界の夜は本当に暗い。

　ただ、今日はそれほどでもなかった。理由は……。

「今日は満月か……」

　ミカヅキに餌をやるために、ミカヅキが休んでいるエッゼルの家の裏側へ来ていた日色の頭上には、デカデカと浮かんでいる巨大な金色の物体があった。

　それは——月。

　優しげで淡い光が、天から降り注ぎ大地を照らしている。

（いつ見てもデカい月だな。日本とじゃまるで違う）

少なくとも肉眼で見える日本の月と比べて三倍ほどはある。だからこそなのか、満月の時は結構地上が明るい。

（満月か。何となくだが、見てると気分が落ち着いてくるんだよなぁ）

理由は分からない。ただホッとするような、懐かしいような、穏やかな気分にさせてくれる。

しかしここは魔界であり、環境的にも何が起こっても不思議ではない場所。

（とりあえず何があってもいいように、準備だけは整えておくか）

就寝する前に、身体に文字を刻み《設置文字》を施していく。

これは《文字魔法》の能力の一つで、文字をどこにでも設置させることができるのだ。

そうして任意で発動もできるので、文字を書く手間を省けるし、地面に書いておいて罠として発動させる、なんていうこともできる便利さ。とても重宝している。

そろそろ家の中に入ろうと思い、玄関まで来ると……。

「…………ん？」

僅かながら誰かの気配を感じたので、その気配を探ってみるが……。

「……？　気のせい……か」

……誰もいない。

ドリルモグラの時のように強い敵意などであれば確実に捉えることができたが、まだ気配を摑むという技術も完璧ではないので、気のせいだと思うことにする。

日色はすべての準備が終わると、そのまま寝床に行って休むことにした。

しかし日色は気づかなかった。確かに気配が存在しているという事実に――。

※

――深夜。

ムクッと起き上がったのはシャモエだ。

「うぅ～……おトイレですぅ～」

半分寝惚けた様子のまま、フラリフラリとした足取りで用を足すために歩みを進める。

そして用を足して落ち着いたシャモエは、やはりまだ覚束ない足取りのまま、寝床へと戻ろうとするが――

「――んむっ⁉」

思いがけないことに、いきなり誰かに口を塞がれ、身体を拘束されるシャモエ。

「んんーっ！　んんーっ！」

必死で叫ぼうとするが声にならず、身体も拘束されているので身動きが取れない。しかも身体を拘束しているのは一人だけではないようで、数人に襲われている様子。

暴れていると、寝る時にも首に巻いているチョーカーが落ちてしまう。いつもはそれに鈴をつけているのだが、さすがに夜中なので鈴は外してあった。

シャモエは恐怖に怯えた表情を浮かべながら、仲間たちがいる部屋に向かって手を伸ばそうとするが、そのまま外へと連れ出されてしまう。

「——きゃっ⁉」

集落から少し離れた場所まで連れて行かれて、地面に投げ倒されるシャモエ。

「な、な、何を……っ⁉」

数人の男たちが目の前に立っており、明らかな殺意を持って見下ろしてきた。その中には、初めて会った時にシャモエたちに弓を引いていた見覚えのある者も複数いる。

「……獣臭え」

「……へ？」

「テメエ、獣の血を引いてやがんだろ？」

「っ⁉」

底冷えするような男の言葉にシャモエは胸を貫かれる衝撃を感じた。

「その顔は図星みてえだなぁ。けどその耳……テメエやっぱり――――ハーフか？」

シャモエは身体を強張らせ、ゴクリと息を呑む。

「おいおい、本当に獣人のハーフだったのかよ」

「ああ、多分魔人と獣人のハーフ――『魔獣』だろうな」

「けどよく分かったな、コイツが獣人の血を引いてるって」

「最初見た時から変だったんだ。魔人なら何で褐色の肌をしてねえ？　それにこの前襲ってきたあの獣人のクソとおんなじようなニオイしてやがったしな」

「そういうことか。でもいいのか？　コイツってば、長の家に泊まってる奴らの連れだろ？」

「いいさ。それにアイツらがあの獣人を使って俺たちを襲わせた可能性だってあるしな。何といっても、ハーフと一緒に行動してんだぞ？　信じられるか？」

……え？　襲わせた？　獣人？　とシャモエは疑問を思い浮かべた。

「確かにな。《禁忌》のハーフ。そんな荷物をわざわざ背負ってるってことは、あのガキども、コイツをどこかで暴れさせて使い捨てにしようとか考えてるんじゃね？」

「そ、そんなこと言わないでくださいですぅ！」

シャモエは男たちの勝手な物言いに我慢できずに反論する。

「ああ？」

「ひぃっ……そ、その……」

言い返したものの、男たちの睨みにより意気消沈してしまう。しかしここで口を噤めば、リリィンたちが悪く言われ続けてしまう。

「……リリィンお嬢様は……シウバ様は……ヒイロ様は……ミカヅキちゃんは良い人たちです！　勝手なことを言わないでくださいですぅ！」

「黙れこのクソハーフが！　どうせ望まれない存在だろうがテメエは！」

「きゃっ！」

パチンと、頬に痛みと熱を感じる。シャモエは自分が平手打ちをされたことを実感する。手を出されたせいもあり萎縮してしまい、恐怖度がさらに増す。

「何か言いたいことでもあんのか？」

「う……うぅ」

「仮に本当にテメエのことをアイツらが仲間だと思ってたとしてだ。ならアイツらの頭がイカれてるとしか思えねえよ！」

「……え」

「ハーフを傍に置くなんてどうかしてる。ハーフが世間じゃどんな扱いになってるか、知ってるか？」

知っているに決まっている。何故ならその渦中にシャモエはいるのだから。

「テメエの親もどうかしてるよなぁ」

「……！」

「生まれてくる子供が不幸になるって知ってて生むなんてよぉ。あ、もしかして親はバカ？　それとも捨て子かテメエ？」

「す、捨て子なんかじゃないですっ！　お、お、お母さんとお父さんの悪口は言わないでくださいです！」

「はあ？」

「お母さんたちは、シャモエを愛してくれていましたです！　だから、だから……」

「だから？　何だってんだ？　それでも親が何も考えてないのは変わらねえだろうが？」

「きゃっ！」

またも頬を打たれて転倒する。その際に膝が擦り剝けてしまう。

（っ……違う……お母さんたちはシャモエのことを……っ！）

ジンジンとする頬の痛みとともにズキッと心が軋む。

「……俺たちはな、獣人の暴走で友や恋人を失った」

周りの男たちから憎しみの感情が濃くなっていく。

（え？　獣人の暴走？　どういうことです……？）

先程から彼らが何を言っているのか分からない。獣人に襲われたというのはどういうことなのだろうか。

「だから憎いんだよぉ、獣人がな！　特にテメエみてえな中途半端はよぉ！」

「きゃっ！　や、止め――」

「すぐ暴走しちまうハーフのくせに！　獣人のくせに！　なに幸せそうな顔してやがんだよ！」

「い、痛いっ⁉　や、止めてくだ――」

「黙れっ！」

「あうっ⁉」

髪を引っ張られ無理矢理立たされてしまうシャモエ。

目の前にいる男の顔は、憎しみと怒りに満ち満ちている。

「獣人なんてクソだ。ハーフなんてもっとクソだ。きっといつかテメエも暴走して仲間を殺すんだ。そういう種族なんだよ、テメエらは！」

――ドクンッ。

シャモエの心臓が激しく脈打った。

「だからここで始末してやる。なぁに、テメエの仲間だって、ハーフなんていなくなってせいせいしてくれるぜ」

そう言いながらシャモエの首を絞める男。

「う……ぐぅ……っ」

苦しい。息ができない。

確実に殺意を持って手に力を込めてきていることが伝わってくる。

（シャモエは……ただお嬢様たちと一緒に……いたいだけ……っ）

それだけがシャモエにとって救いであり幸せなのだ。最近ではその仲間が増えてシャモエも喜んでいた。

少し怖い印象があった日色だが、彼が種族で判断したり差別をしたりしない人だというのも分かっている。

それにぶっきらぼうながらも、心根には優しさがあるのも知っていた。それはモンスターであるミカヅキがあれほど懐いていることからもよく分かる。

「フン、そうだな。テメエが俺たちを襲った獣人と仲間だったって言って、アイツらも始末すればいいかもな」

「……っ⁉　そ、それだけ……は……！」

リリィンたちを傷つけてほしくない。大切な家族なのだ。

（シャモエのせいで……お嬢様たちが……！）

だが自分は無力で、何もできずにいる。

――ドクン――ドクン――ドクンッ！

どんどん熱く、また強くなる脈動に、シャモエの心と身体が燃えるような感覚に支配されていく。

「さあ、死ねよ――」

男の手にさらに力が加えられた直後――ブシュッ！

「あっぐぁっ⁉」

シャモエの首を絞めていた男の腕に細い刃が貫いた。男は呻きながらシャモエを離す。

「ごほっ、ごほっ、ごほっ！　……ヒイ……ロ……様……⁉」

シャモエの視界に映るは、一人の少年。その手には刀身の伸びた刀を持っていた。

しかしシャモエの意識はそのまま遠ざかり、同時に胸の中からどす黒い感情が込み上げてきて、シャモエの純朴な部分を塗り潰していった。

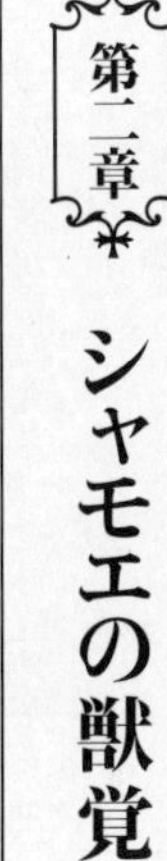

第二章　シャモエの獣覚

——ふと目が覚めた丘村日色（おかむらひいろ）。

何か嫌（いや）な気配がしたような感覚に陥（おちい）った。寝る前にも感じた誰（だれ）かに見られているような感じ。しかしそれは結局気のせいだということに落ち着く。

今回もまた後者なのだろうと思い、目を閉じようとしたが、とりあえず目が覚めたついでにトイレにでも行こうと思った。

用を足した後、再び寝床（ねどこ）へ戻（もど）ろうとした時、

「……ん？」

何かが落ちているのを発見する。拾い上げてみた。

「これは……あのドジメイドが、いつも首に巻いてるやつ……だよな？」

トイレにでも来て落としたのだろうかと思ったが、よく床（ゆか）を観察してみると、少し泥（どろ）がついている部分があった。

「……足跡（あしあと）？」

それが玄関からトイレへと延びていた。

「……まさか」

そう思い、別の部屋で寝ているはずのリリィン・リ・レイシス・レッドローズとシャモエ・アーニールを訪ねることに。

扉を開けてみると、そこには誰も寝ていない布団を一式確認した。

「ちっ、おい赤ロリ、起きろ！」

その一言を言って、日色は自分と同じ部屋に寝ているシウバ・プルーティスのもとへも向かい、

「おいジイサン、起きろ」

「む……むむ……、ど、どうされましたかな？」

「あのドジメイドがいない」

「……？」

彼はまだ状況が摑めていない様子。

「憶測に過ぎないが、奴が何者かに拉致された可能性がある」

「何ですとっ⁉」

目が覚めるような言葉に跳ね起きるシウバ。そこで日色は、シャモエが身に着けていた

であろうチョーカーを見せる。

「むむ、確かにソレはシャモエ殿の！　把握しましたぞ。ヒイロ様、よろしかったら周りを確認して頂けませぬか？」

「あ？　……面倒だがまあいいか」

「わたくしはお嬢様を起こしてから探しに参りますので」

「分かった」

日色は赤ローブを着用し、刀も携帯して外に出た。そして『探』の文字を使ってシャモエがどこにいるのか調べる。文字が矢印状に変化して、シャモエがいるであろう場所を指し示してくれる。

「よし、向こうだな」

集落から少し離れた岩場の辺りにまでやってくると、そこには複数の男たちに囲まれたシャモエがいた。しかも明らかな殺意を持った男の一人に首を絞められ、一刻の猶予もないと判断する。

すぐに刀を抜いて刀身に『伸』の文字を書いて発動させ、男の腕に向けて刀身を伸ばし攻撃。見事にヒットし、シャモエが男の腕から解放される。間一髪だ。

そのまま刀身に『元』の文字を素早く書いて長さを元に戻し、大地を蹴り出してシャモエを守るように彼女の目前へと移動した。

咳き込むシャモエを一瞥して、どうやら傷を負っているものの無事なようでホッとする。

日色はギロリと男たちを睨みつけた。

「……おいお前ら、どういうつもりだ？」

「くっ……どうしてここが⁉」

日色に腕を貫かれ、痛そうに顔を歪めている男が、忌々しげに歯を食いしばり日色を睨みつけてくる。日色の登場が意外だったようで、他の者たちも明らかな動揺を見せていた。

「コイツはよだれ鳥の世話をいつもしてくれる気の良い奴だ。お前らに殺される謂れはないと思うが？」

「は、はん！　テメエみてえな何も知らねえガキがしゃしゃり出てくんじゃねえっ！」

腕を貫かれた男が突っ込んで、無事な左腕で殴りかかってきた。

日色は軽く身をかわし、刀で相手の左肩を一閃。

「ぐがっ⁉　あっが……痛ぇっ……っ」

切断まではいっていない。しかし浅くはないダメージを負わせることに成功。

「……答えろ。どういうつもりでコイツを襲った？」

刀の切っ先を男たちへと向ける。日色の攻撃を受けた男が、憎々しい表情を浮かべながら言ってくる。

「ぐっ……へへへ、見られたもんはしょうがねえ。おいお前ら、コイツともども皆殺(みなごろ)しにしてやればいい！」

男たちは数で押し切れば勝てると踏(ふ)んだのだろう――――が、

――ほう、なら皆殺しにされる覚悟(かくご)はあるということだな。

全身を刺(さ)すような殺気を含(ふく)んだ冷たい声音(こわね)が空気を震(ふる)わせた。

見れば男たちの背後には、悪魔(あくま)を思わせるような憤怒(ふんぬ)を漂(ただよ)わせたリリィンが立っている。

（っ……何て魔力(まりょく)と殺気だ！）

リリィンから感じる魔力の質が圧倒的(あっとうてき)に重く、まるでここら一帯だけ重力が倍ほどになっているような気がした。

「誰かを殺そうとするのだ。ならば殺される覚悟も無論――あるだろうな？」

その凄(すさ)まじい威圧感(いあつかん)に、男たちの全身が震え出す。

身が竦(すく)むような恐怖(きょうふ)を感じ条件反射で逃(に)げようとする者が出るが、

「……逃がすわけがなかろう」

リリィンの言葉と同時に、どこからともなく出現した黄金の釘が、上空から降り注ぎ、男たちの胸を貫いて地面に文字通り釘付けにした。

（こ、これは――――っ!?）

日色もまた一瞬のことで理解が及ばなかった。瞬きすらも許されない時の中で、数人いた男たちは身動きがとれなくなっていたのだ。

男たちは苦しそうに呻き声を上げながら「痛いよぉ」や「助けてぇ」と口にしている。

そこへ騒ぎを聞きつけたのか、エッゼルや他の『エルフィス族』の者たちが現れた。いや、一緒にシウバが来たということは、彼が連れてきたと推測した方が正しいかもしれない。

彼らの登場と同時に、黄金の釘が粒子状に霧散して消失。だが男たちはそのままピクリとも動いていない。釘が刺さっていたはずなのに、身体には穴も開いていなければ血も出ていないという状況。

（……そうか、今のは幻！　アイツの《幻夢魔法》だな）

リリィンが持つ日色と同じユニーク魔法の《幻夢魔法》。

その詳細はまだよく分かっていないが、相手に幻を見せること。前に日色も何度かその魔法を受けて実感している。

とても幻だとは思えないほどの現実感を体験させるのだ。

（それにしても凄まじい殺気だった。オレも動けなかったぞ）

リリィンがその身に秘める力の一端を知り戦慄した。自分に向けられた殺気ではなかったはずなのに、ここにいては、一瞬で殺されてしまうような感覚が走ったのだ。

（やはりレベル百超えってのはとんでもないってことだな）

この世界では《ステータス》と念じれば、ゲーム画面のように自身の《ステータス》が表示される。そこにはレベルや身体パラメータもあり、日色のレベルは８０こそ超えてはいるが、なかなかリリィンの高みには到達できていない。

（高レベルになってくると、レベルは上がりにくいみたいだしな。まあ、そんなことより……）

と、周りを確認する。ピクリとも動かない者たちを視界に捉えた。

「……死んだ、のか？」

幻で攻撃されただけで死ぬとは思えないが、思い出すのは以前【ラオーブ砂漠】での事件のこと。

その時も、リリィンが相手をしたモンスター全員が絶命していたが、その身体には傷一つなかった。

ただその行為を見ていた者たちからは、今のように黄金の釘が突然現れてモンスターの身体を串刺しにしたと聞いたので、考えられるのは、その釘はリリィンが作り出した幻だということ。

それなのに——死ぬ。

つまり肉体的に殺したのではなく、精神的に殺したということ。

(日本にいた時、テレビか何かで、催眠術みたいなのを使って、何の変哲もないただの割り箸を、熱した鉄棒だと思い込ませた結果、実際に火傷したって話は聞いたが、アイツの魔法はそれの究極ってことなのかもな)

相手の精神を支配し、虚構での死を現実化させることができる能力。それほど密度の濃い幻術だということだろう。

(恐ろしい力だな。オレの魔法も相当反則的だが、アイツのソレは相手に幻だと思い込ませないところも含めて格が違うような気がする)

幻を破るには相当の精神力が必要とされるだろう。肉体はともかく、鍛えにくい心を攻撃されるので、ほとんどの者が無防備になってしまう。

「……一体何があったというのだ……っ⁉」

駆けつけてきたエッゼルが、倒れている同胞を見て眉間にしわを寄せている。

リリィンが不愉快そうにエッゼルを睨みつけていると、即座にハッとなり日色に顔を向けて、

「ヒイロッ、そこから離れろっ⁉」

「……は？」

直後――

「――ぐふぁっ⁉」

突然左脇腹付近に衝撃が走り、そのまま右側へ吹き飛ばされてしまった。まるで予期していなかったことに、そのまま地面を転がり激痛に顔を歪めてしまう。

「ぐ……っ、な、何だ……一体……っ」

顔を上げて、先程まで自分が立っていた場所を確認すると、そこには月光に照らされて容貌を変化させたシャモエが立っていた。

「ちっ、余計なことをしおって！」

リリィンが面倒そうな顔をしていると、そこへシウバが「お嬢様！」と言って駆けつけ、庇うように前に立つ。

「これはいけませんな。完全に《獣覚》に囚われております」

「馬鹿者どもめ、シャモエに何か余計なことを言いおったな。最近のシャモエなら、たかが少しくらい身体を傷つけられた程度で暴走はしなかったはずだ」

彼女たちの会話を聞き、日色は何が起こっているのか把握する。

(《獣覚》……か。そうか、今日は満月だった)

思い出すのは、かつての旅仲間だったウィンカァ・ジオのこと。よく見れば、今のシャモエは確かに、以前暴走した彼女と同じような危険な臭いを漂わせている。まるで獣の本能に目覚めているようで、周り全てを敵と認識しているかのよう。

獣人という種族は、満月の夜に程度の差こそあれ《獣覚》と呼ばれる現象が起こる。己に秘められている獣の本能が強くなるのだ。

身体能力の上昇や気性が荒くなったりするらしいが、ここまで理性を失ってしまうことはそうはない。

(しかし獣人のハーフだけは、別だ。満月の日、激しく心が動揺してしまえば、こんなふうに暴走状態に簡単に陥ってしまう)

日色は脇腹を押さえながら立ち上がり、シャモエを観察する。

通常時では生えていなかった獣耳も生え、牛を思わせる細い尻尾が臀部近くから生えているのが分かった。

穏和で優しげだったシャモエの雰囲気は一掃され、獰猛さが滲み出ており、瞳も白目の部分が黒く染まり、桃色の瞳だったものが赤く染め上がっている。

髪も黒が混じったような桃黒いとでも言おうか。それが彼女の身体に纏わりつき紋様のようになっている。それはまさに、暴走状態のウィンカァと同様の風貌だった。

「はあはあはあ……っ、ガァァァァァァァッ！」

耳をつんざくような獣のような咆哮とともに、シャモエがリリィンたちに襲い掛かる。

リリィンの前に素早く立つシウバ。

「大人しくして頂きますよ、シャモエ殿！」

彼の足元に広がる影がシャモエに向かって伸び、そこから複数の黒い手が突き出て彼女の腕や足などを摑み拘束する。

「ギッ……ガァ……ッ!?」

黒い手が徐々に彼女の身体に広がっていき、苦しそうに顔が歪み始める。しかしシャモエは一際大きな咆哮を上げて身体を震わせ、力任せに拘束を弾き飛ばす。

「何とっ!?」

そのまま真っ直ぐシウバへと接近し、彼の腹部へ拳を突き出した。

「がふっ⁉」

避けることもできなかったシウバは後方へ吹き飛び、シャモエが次にターゲットにしたのは、仁王立ちをしたままのリリィンだった。

しかしリリィンは慌てる様子を微塵も見せずに、腕を組みながらジッとシャモエを見つめたまま。

「いい加減に正気に戻れ、シャモエ！　相手が誰だか分かっているのか！」

「ガルルルルゥ……！」

リリィンの言葉が通じていないのか、シャモエはゆっくりと彼女へ近づいていく。

「……貴様に幻術をかけたくはない。大人しく戻っていろ！」

それは彼女の優しさなのだろうか。恐らく幻術は精神に多大な負荷をかけるのだろう。今のシャモエに幻術は有効なのだろうが、それでも彼女を傷つけてしまう。そう思って渋っているのかもしれない。

ただそんな想いが、今のシャモエに通じているようには思われず、

「ガルァァァァッ！」

腕を振り上げ、リリィンに向かって振り下ろす。リリィンは素早い動きを見せて、その場から転移したかのように移動する。

「こら！　主に手を上げようとするとは何事だ！」

攻撃を避けられたことに苛立っている表情を見せながら、シャモエは再度リリィンへと突っ込んでいく。その動きは、普段のドジメイドことシャモエからは想像もできないほどの機敏さ。

下手をすれば、通常時の日色より速いかもしれない。だがリリィンの速度はそれよりも速く、次々と繰り出されるシャモエの猛攻を、何でもないような様子で回避し続けていく。

「ったく、本当に面倒なことをしてくれたものだ！」

その言葉はきっと、今も地面に倒れている者たちに向けられたものだろう。エッゼルたち『エルフィス族』たちも、リリィンたちの戦いを呆然と見ているだけだ。事情がまだよく呑み込めていないらしい。

日色は吹き飛んだシウバのところへ向かうと、彼は何事もなかったかのように立ち上がり、埃を払うように服を叩いていた。

「ふぅ……服が汚れてしまいましたなぁ」

「相変わらずダメージはなしなのか……」

本当にこのジジイの身体はどうなっているのか、いつか精密に調べてみたい衝動にかられる。そう思う日色だが、気になることがあったのでそれを尋ねることにした。

「ジイサン、何で赤ロリは魔法(まほう)で奴(やつ)を大人しくさせないんだ？」

「お嬢様は身内にはお優しいですから。魔法をかけるということは、相手に負荷をかけるということ。たとえそこに悪意がなくとも、傷つけてしまう可能性がある以上、なかなか手を出せないのでございましょう」

「とことん身内びいきな奴だな。だがこのままだといつ止まるか分からないだろ？」

「はい。手っ取り早いのは気絶させることですが、わたくしも手を上げたくはないので、せめて身体を拘束し続けようとしたのですが、思った以上にシャモエ殿の力が強かったようで」

「なるほどな。……ならもう一度、さっきの魔法で奴を拘束できるか？」

「ノフォ？　どういうことでございますかな？」

「このままじゃ収拾がつかないだろ？　仕方ないから手を貸してやる」

「……しかしシャモエ殿を傷つけるのは――」

「心配するな。痛みなんてない。ただ元に戻すだけだ」

「？　……それはどういうことで……？」

「いいから信じろ。さもないとオレの気が変わるぞ」

「……畏(かしこ)まりました。では――参りましょうぞ！」

「ええい！　いい加減目を覚まさんか、シャモエッ！」

「ガァァァァッ！」

リリィンの言葉に聞く耳を持たないといった感じで、シャモエは鋭い攻撃を繰り返す。

それをかわしながら、シャモエに言葉を届けようとリリィンは声を張っている。

「お嬢様っ！」

「――シウバ！」

「こちらへ！」

シウバの呼びかけを受け、彼のもとに近づくリリィン。当然シャモエは彼女を追っていく。

「今度は先程よりも数が多いですぞ！」

シウバが大地に両手をつくと、そこから闇が前方へと大きく広がり、その闇から膨大な数の黒い手が伸び出てシャモエに迫る。

シャモエも敏速な動きでかわしていくが、いかんせん数が多い。まずは足首を掴まれ、そこから次々と身体全体を掴まれていく。

しかしまた咆哮を上げて力ずくで逃げようとし始める。そこへ――

「――終わりだ、ドジメイド」

彼女の背後に姿を現した日色の右手の指先には『元』の文字が書かれている。

「元に戻れ、《文字魔法》ッ！」

シャモエの後頭部目掛けて文字を放ち発動。一瞬の放電現象の後、文字から青白い粒子が降り注ぎシャモエの身体を包んでいく。

「グ……ガァ……イ……あ……あぁ……っ!?」

瞳の色が元の桃色に戻っていき、獰猛な獣のオーラが鎮まっていく。生えていた獣耳と尻尾も消失した後、シャモエはフッと意識を失って項垂れた。シウバの魔法が彼女の身体を支えているので地面に倒れることはない。

そんなシャモエに近づき、リリィンは優しげに頬を撫でる。魔法が解かれてそのままリリィンの身体にもたれるようにして倒れるシャモエ。リリィンもしっかり抱きとめると、ホッとしたような顔つきを見せた。

そのまま前方に立つ日色を視界に捉え、

「……悪かったな。礼を言うぞ、ヒイロ」

「別に構わん。そいつにはよだれ鳥が世話になってるからな」

ミカヅキもまたシャモエのことが大好きなようで、日色と一緒でない時は、シャモエに遊んでもらっている場合がほとんど。だからシャモエには、ミカヅキの世話をしてもらっていることに感謝している。

「ノフォフォフォ！　まさか《獣覚》まで鎮めるとは、さすがはヒイロ様でございますね！　ノフォフォフォフォ！」

「そんなことは後だ、シウバ。今はそれよりも……」

ギロリとリリィンが殺意を込めた視線を、エッゼルたち『エルフィス族』に向ける。

「まさか我々を泊まらせたのは、これが本当の目的だったのか？　だとしたらずいぶん舐めたことをしてくれたものだな？」

彼女の殺気に当てられ、エッゼル以外の者たちは怯えてしまっている。ただその中でエッゼルだけは地に倒れている同胞とシャモエを見比べ、ようやく状況を理解したのか、その場で頭を下げた。

「……許してくれとは言わん。しかし此度のことは、一族の総意ではない」

「フン、そのようなこと信じられるか！　現にシャモエは貴様らのせいで暴走させられたのだぞ！　いやっ、殺そうともしたっ！」

リリィンから溢れ出す明らかな怒りと憎しみ。彼女にとってシャモエがいかに大事かよく分かる。

そんな彼女に対し、エッゼルはただただ頭を下げ続けていた。

(赤ロリにジイサン、アイツらも変わった奴だったから、ドジメイドも何かしら他人に言えない事情があるんだろうと思っていたが、なるほどな……ハーフだったか)

恐らくは魔人と獣人のハーフだろう。最初に会った時から、何故耳が尖っていて魔人の特徴を持っているのに、もう一つの特徴である褐色の肌をしていなかったのか疑問だった。

それは獣人としての肌を持っていたということなのだろう。

この世界ではハーフは《禁忌》とされている。その理由は、魔法も《化装術》も何も使えない半端者であり、他種族同士でいがみ合っている情勢の中で、どっちつかずの存在として忌み嫌われているからだ。

かつて旅をともにしたウィンカァもハーフとして、冷たい世間の風を浴びてきていたらしい。

「我々には謝罪することしかできん」

「……どうやら本当に貴様の指示でコイツらが動いていたというわけではなさそうだが」

「……実はな、その者たちは、先の獣人暴走事件の時に、家族や友が殺された者たちなのだ。恐らくその子から獣人のニオイを察知して、例の獣人と何らかの繋がりがあるのではと思ったのかもしれん」

「何？　獣人暴走事件……だと？」

リリィンが問い返すが、日色も初めて耳にする言葉だ。

「つい先日のことだ。この集落を獣人が襲ってきたのだ」

「なるほどな。確か初めて会った時、『エルフィス族』の奴らが例の事件とか言ってたが、そのことだったのか」

日色の言葉にエッゼルは顔をしかめながら頷く。

「その通りだ。そのせいで、余所者に対し非常に警戒度を高めていたのだが、その子が獣人の血を引いていると感づいた者たちが、その事件に関わっているかもしれないと考えたのであろう」

そこで思い出す。確かエッゼルの家に招かれた時に、周りから僅かな敵意の視線を感じていた。あれはミカヅキに向けられたもので、モンスターをよく思っていないだけかと思っていたが、あの視線はミカヅキの傍にいたシャモエに向けられていたものだったようだ。

あの時の視線をもっと深く追及していれば、事前に対策もできただろうが、エッゼルが認めているので手を出してこないだろうと楽観視していたのが悔やまれる。

リリィンが、シャモエの赤く腫れた頬や首にできた絞め跡、膝などにできている擦り傷などに視線を置く。

「……ヒイロ、シャモエの傷を治してやってくれないか?」

「…………仕方ないか」

　乗りかかった船、ではないが、このままにしているとあまりにシャモエが不憫過ぎるので、リリィンの望みを聞いて『治』の文字で怪我を治してやることにする。

「さて、この始末、貴様らはどうつけるつもりだ?」

　彼女の怒りは尤もだ。いくら勘違いしたとはいえ、大切な者を傷つけられたのだから。エッゼルの顔も統率者としての勇ましさは鳴りを潜めて、完全に陰りを帯びている。

「……あの者たちは死んでおるのか?」

「殺そうと思ったが、まだギリギリ生かしてある。しかしワタシが解かない限り、永遠に悪夢を見続けることになるだろうがな」

　男たちは時折ビクビクッと痙攣して、顔が真っ青になっている。

「そうか……いや、今回、完全に非があるのはこちらだ。あの者たちは牢に入れ、厳罰を下すことにしよう」

「殺さないのか?」

「……もしお主らがそれを望むのなら、それも致し方なし。だができれば今回の始末は、儂につけさせてもらいたい」

「甘いな。それでよく長などをやっていられる」

「どんな阿呆でも、家族の一員だ。生きられるのなら生きてほしい」

心情的には日色も極刑でも良いのではと思う。何せシャモエを殺そうとしたのだ。日色が間に合っていなければ、本当に死んでいただろう。日色の持論だが、殺す者は殺されることを覚悟しなければならないと思う。

幸いシャモエは無事だったが、もし死んでいたら、一族全員がリリィンの餌食になって惨劇を招いただろう。

「フン、なら貴様に任せてやろう。幻術は解いておく。しかし厳重に処罰しろ。それが条件だ。さもないと……分かっているな？」

「うむ、心得た」

「それと、例の事件とやらの話も朝になったら聞かせてもらう」

「うむ、当然のことであろうな」

了承すると、エッゼルは一族の者に、倒れている者たちを牢へ運ぶように命令した。

「……意外だったな。まさかあの状況で殺してないとは」

日色は、リリィンなら問答無用で殺していたと思っていた。大切な家族であるシャモエを殺そうとしていた者たちだ。彼女にとっては情状酌量の余地などなく、それこそ手心など加えるわけもないと思っていた。

「フン、もし長が奴らを一方的に赦せなどと言ってきていたら、間違いなく殺していたさ」

「ほう、だが奴は助命を嘆願してきたぞ？」

「それは同胞なのだから当然だろう。しかし奴は、クズどもには厳罰を科すと約束した」

「まさかそれを信じたのか？」

「嘘はついてないだろう。目を見れば分かる。今回の件は明らかに向こうに非があるのだ。にも拘わらず、助命だけを願ってくるようならそのまま始末しただろうがな」

「お前にしては甘いな」

「あのな、貴様はワタシを快楽殺人者だとでも思っているのか？　モンスター相手ならともかく、同じ魔人をそう簡単に殺さんぞ」

それは彼女の良心、ということなのだろうか……。

「今、貴様はワタシに良心があるんだろうかと考えただろう？」

「……さあな」

鋭い奴だ、と日色は思った。

「別にただの気まぐれだ。もし奴らがシャモエを殺していたら、問答無用で皆殺しにしていたが、幸いなことに貴様によって命は救われた。それに暴走もシャモエを傷つけずに止めることもできた。……フン、そのせいで判断が甘くなっているかもしれないがな」

つまりホッとしたことで、怒りも少しは収まっているということだ。

「ククク、まあそれでも奴らの脳内には濃い濃いワタシの幻術の種を植え込んでやった。もし次に何かバカなことをすれば、すぐに開花させて今度こそ廃人にしてやる」

お怖い。やはりただで解放してはいないようだ。

それでこそ悪魔な美少女――リリィンである。

(とにかく、予想外の夜になったが、もう眠気はどっかいったな)

これだけのことを経験してしまったせいか、これから一眠りという感じでもなかった。

だがまだ夜は深い。

とりあえずエッゼルの家には戻らずに、シウバが魔法でテントを出して、そこで休息することにした。

――翌日。

エッゼルの家に呼ばれた日色たちの目前にある朝食は、朝食と思えないほど豪華だった。

　エッゼル曰く、昨日のことの謝罪の気持ちを込めて用意したという。畑で採れた野菜と、近くにある川で釣った魚などをふんだんに使った料理がテーブルいっぱいに置かれてある。

　リリィンは、毒が入っていないか、毒が効かないシウバに毒見をさせてから口にしていた。日色はというと、一応魔法で毒が入っていないか調べてからにしたが。あれだけのことを起こした彼らを信用することは難しい。エッゼルもそれが分かっているのか、日色たちの行為に文句一つ言わず朝食を取っていた。

「ところで聞いておきたいのだが、昨日の奴らの処遇はどうするつもりだ？」

　朝食の最中、リリィンがエッゼルに尋ねた。一気に場に緊張が走り、あれから意識を取り戻したシャモエも、ビクッと身体を震わせて不安気にエッゼルを見つめている。

「……ふむ。あやつらには無期牢を科す」

「つまり無期的に牢屋生活を強いるということか」

「そうだ。本来なら奴隷待遇が一番なのだろうが、それだと一族の者が対応しにくいだろうしな」

　確かに同胞を奴隷として扱うのは難しいものがあるだろう。昨日まで一緒に笑い合って生活していたのだから。

「フン、無期牢とは聞こえはいいが、結局のところ貴様の采配次第ということだな」

「そうなる。しかし安心してほしい。あやつらが反省せぬうちに、牢から出す気は毛頭ない」

「口ではそう言っても、情があるのが〝人〟という生き物だぞ？」

「確かに。だがどの人種かにかかわらず、謂れなき者を殺めようとしたことは赦されることではない。あやつらは集落を襲った獣人と同じことをしようとしたのだ。長期的牢生活は覚悟してもらう」

彼もまた怒りを覚えているようだ。獣人に襲われて一族の危機に陥ってしまった。だからこそ互いに力を合わせて乗り越えるべき状況なのに、一部の者たちが勝手に暴走して、一族全体をさらに窮地に追いやってしまった。

もし昨夜日色たちが怒って暴れていたら、『エルフィス族』という存在が、この世から消滅していたかもしれない。

だからこそ、そんな危機的状況を作ってしまった者たちに憤慨しているのだろう。

「お嬢さん、本当にうちのバカどもが申し訳ないことをした」

エッゼルがシャモエに頭を下げる。

「あ、い、いえ……その……シャモエは無事……だったので……はい」

「いや、それは結果論でしかない。ただできれば、すべての『エルフィス族』があやつらと同じ考えではないことだけは知っていてほしい」

「…………はい」

ハーフだからといって、敬遠する者もいればそうでない者もいるということ。たまたま不幸な偶然が重なって、シャモエを襲った者たちも怒りをつのらせていたに過ぎない。すべての元凶は、やはりこの集落を襲った獣人なのだろう。

「では聞かせてもらおうか。獣人に襲われたというのはどういうことだ？」

昨夜の約束通り、リリィンがエッゼルへ説明を求めた。

「昨夜も言ったが、つい先日、集落が何者かに襲われるという事件があったのだ」

「それが獣人というわけか」

「うむ。一族の者たちもだからこそ必要以上に周囲を警戒しピリピリとしておった」

初めて会った時も、抵抗すれば即座に殺してやるといった感じの雰囲気ではあった。

「襲った者が獣人ですか。珍しいでございますね、魔界に獣人など」

シウバの言葉にエッゼルは僅かに顎を引く。

「確かにお主の言う通りだ。しかし、外見上は確かに獣人だった……一人はな」

「一人は？　他にもいた、というわけでしょうか？」

「同時に攻めてきたわけではない。目撃情報によると、一人は畑の作物だけを狙って、一族を傷つけるようなことはなかったから、一族を襲った獣人とは別の者だろう。関係があるかどうかは不明だがな。そちらはただの畑泥棒として認識しておる」

「なるほど。するともう一人の方が、外見上は獣人ということで？」

シウバの問いにエッゼルが頷き続ける。

「そうだ。そしてその獣人が、一族の者たちを傷つけた。現れたそやつは、まるで《獣覚》して暴走しているかのように暴れ回りおった」

《獣覚》という言葉を聞いて、シャモエが申し訳なさそうに肩を竦めている。彼女が悪いわけではないのだが、それでも暴れてしまったことに恐縮してしまっているのだろう。気の弱い彼女らしい。

（しかしここでも《獣覚》……か）

シャモエに続き、またも同じワードが出たのでつい気になった。

「《獣覚》――知っておる者もおるだろうが、獣人が満月の夜に見せる覚醒のこと。本来、十も過ぎればそう簡単に暴走することなどはないが、稀に己の中の獣の本能を抑え切れずに暴れ回ってしまうケースがある。あれはそれと酷似しておったな」

かつて一緒に冒険していたウィンカァ・ジオという少女もまた、その《獣覚》を制御できずに暴走してしまい、仲間である日色たちを傷つけるといった行動を取った。

その力は絶大であり、もし日色が《文字魔法》を使えなかったら、確実に死んでいただろう。それほどの暴走力だった。

「我々の言葉にも聞く耳を持たず、ただただ狂気に侵されたように周囲を破壊し尽くす。まさしく――〝狂気の獣人〟と呼ぶに相応しい獣人だった」

何ともまあ背筋が冷たくなるような呼び名である。

「何とか追っ払ったが、傷ついた者も……死んでしもうた者も出た」

死という言葉を聞いて息を呑む音が聞こえる。恐らくシャモエからだと思うが。

「奴――〝狂気の獣人〟がまた集落に来ると思ったら気が気でなくてな。だからお主らが、その獣人と何らかの関わりがあるのではと、一族の者たちは思ったのだ」

「フン、『エルフィス族』といえば、弓の名手が揃っているはずだ。なのにたった一人の賊を討ち漏らしたのか？」

リリィンからの質問に、エッゼルは険しい顔つきになる。

「…………あやつは、何故かモンスターを従えておったのだ」

「何？　獣人がモンスターを従えていた？」

「うむ。しかもモンスターも普通の状態ではなく、不気味なほどの強さを持っておった。まるでそう……同じように暴走しているかのようで」

「モンスターが……暴走？　いや、従えられていたということは、暴走はしていない？」

「暴走という言い方は正しくないかもしれん。そうだな……やはり《獣覚》に近い、といった方が良いな」

「つまり、モンスターの《ステータス》が通常と比べて向上していたということか？」

「うむ。その見解で良いだろう。しかもどれも滅多に人を襲わないとされているモンスターが、だ」

　それはまた奇妙な話だ。モンスターにもそれぞれ特性がある。ミカヅキのように人懐っこく、人と共存するモンスターもいれば、人を襲う存在や、人には懐かないが穏和で大人しいものもいるのだ。

　エッゼルが言うのは、穏和なタイプ。好き好んで人を襲ったりしないという。

「何かの魔法……でしょうか？　いや、獣人であるなら《化装術》？　しかしモンスターを操ることができる《化装術》など聞いたことはございませんね」

　シウバの言う《化装術》というのは、魔法の使えない獣人が、人間や魔人に対抗するために編み出した技である。火や雷などの属性魔法と同じような攻撃力を備えており、まだ形になって日は浅いというが、かなり強力な手段だ。

「もしかしたら、何かしらの魔具を使っている可能性もあるな」

魔具とは魔法のような力を宿した道具のこと。様々な汎用的な能力を宿す魔具が世に溢れている。

リリィンが顎に手をやりながら思いつきを口にするが、エッゼルは首を左右に振った。

「そのような様子は見当たらなかった。それにあのように暴走している獣人が、魔具をコントロールできるとは到底思えん」

単体で火を起こしたり、身体能力を向上させたりする魔具もあるという。最近では遠くにいる者とコンタクトを取るものや、どこかへ転移することができる魔具も開発したというらしいが、日色は見たことはない。眉唾ものなのかもしれないが。

人間は、そういう物作りに関して他種族を圧倒するものを持っている。身体能力では獣人、魔法では魔人、そして万能で器用な人間。

その位置付けは、昔から変わらないという。

（その獣人が魔具を手に入れて、変貌している可能性もあると思ったが……）

エッゼルの言う通り、魔具の扱いには精神的な余裕が必要になってくる。しかし理性のない獣状態の者が、それを操ることができるとは日色も思えなかった。

（オレ自身の魔法が万能だから、魔具には興味なかったが、誰かを操る魔具なんてものも存在するとしたら、これからも注意するべきだろうな）

もし自分が操られたら即ジ・エンドにもなりかねない。

「とにかく今は、一族の者たちが、またあやつが現れてもいいように警戒態勢を敷いておるのだ。できれば〝狂気の獣人〟に関する謎を解明したいのだがな」

「解明だと？」

リリィンが眉をひそめる。

「もしかすると、奴が何か病原菌に冒されている可能性があるからだ」

「……？《獣覚》ではなく？」

「あくまでも《獣覚》に似ているというだけ。あれが病気によるものの可能性もまたある」

「なるほど。もし病気なら、一族の者たちにも感染するかもしれない。そう危惧していると？」

「そうだ。もしそうならば早急に対処しなければならん」

確かに理性を失わせ暴走させるような病気が蔓延したら、一族単位でしか生活していない魔人たちは、すぐに滅びるかもしれない。数が少ない上に、傍には他の魔人もいないので、助けてもらうこともできないからだ。

「長く生きている魔人なら知っているだろうが、獣人は病に弱い。というよりも、様々な病が過去に蔓延している土地の生まれでもある」

「ふむ。確かに獣人界では、昔……国を襲った奇病などもあったな。他にも獣人界の各地で正体不明の病気が蔓延したこともある」

そういえば、と日色も思い出したことがある。確か一人で獣人界を旅していた時も、ある村を襲っていた病を確認したことがあった。

旅をしていて思ったが、確かに獣人は身体能力のみならば、どの種族よりも強いはずなのに、病に弱いし過敏だという話も聞いたことがある。

（つまり、ここを襲った獣人が、何かしらの病のせいで暴走しているかもしれないから、その正体を見極めて対処する必要があるってことか）

病を持ち込まれてしまえば対処は難しいだろう。

「ふむ。……ところで、もう一人の……畑を荒らす奴は放置していいのか？」

エッゼルがリリィンの問いに対し、肩を竦めて言う。

「畑荒らしといっても可愛い方だ。盗っていく作物もそれほど多くはないしな」

「それでも泥棒だな、確実に」

「ヒイロの言う通りだ。何か対策をしているのか？」

「被害も少ないし、作物そのものに細工して我々を傷つけるような仕業もしておらん。それに殊更に、一族の者を傷つけたり、家や畑などを破壊しようともしておらんし、別に困り果てているというわけではないが」

　それだけ聞くと、〝狂気の獣人〟とは完全に別口のように思える。

「それでも放置しておくのは問題だから、畑に現れたらすぐに取り囲めるようにしてはいるが、何せすばしっこい奴でな。なかなか捕まえられない。落とし穴などの罠も仕掛けてみたが、勘が良いのかことごとく失敗に終わっておる。ただ危険性は低いと認識しておる。一応捕らえた際には、叱りつけることはしようと思っているがな」

「そうか。ならそいつに関しては、問題はないということだな。今のところは」

「ですがお嬢様、作物を荒らすということは、近くに住んでいる者だと思われますが？」

「放っておけ。はぐれの魔人か、モンスターの類だろう。人を傷つけるような危害を加えないのなら別にいいのではないか」

　そういう問題でもないような気がする。しかししょせん他人事なので、リリィンもそんな軽い案件など興味がそそられないのかもしれない。日色もまたどうでもいい。

（まあ、そいつが獣人と関わりがないと断定するのは時期尚早だとは思うがな）

　そこへ、リリィンが日色も聞こうと思っていたことを口にする。

「襲われるのが嫌なら、早々に逃げればいいのではないか？」

　そう、それなら私怨が絡んでいない限り安全だと思う。

「それも考えたが、一応前の時にモンスターを倒すこともできたし、ある程度の傷も〝狂気の獣人〟に負わすことができた。もしかしたらもう襲って来ないかもしれない可能性があるとも思っているのだ」

甘い考えのような気がする。モンスターだって、またどこかから集めてくる可能性だってあるはずだ。傷だってそのうち治るだろう。

「それにな、やはり住み慣れた土地を離れるのは抵抗あるのだよ」

その気持ちは分からなくもないが。だがあくまでも決めるのは彼らなので、日色は別に自分の考えを言うつもりはなかった。

「フン、まあ好きにすればいいがな」

リリィンが鼻で息を吐いた後、エッゼルが深刻めいた表情をし、眉間のしわをさらに深くする。

「今回のことで、一族の獣人に対する評価は地に落ちたといってもよいだろう」

「……む。今回のことというと、まさかシャモエに関することではないだろうな？」

「…………」

エッゼルは言葉を返さない。リリィンはギリッと歯を噛みしめ苛立ちを覚えた表情をすると、テーブルをバンッと叩く。

「貴様らが勝手にシャモエを襲い暴走させたのだろうが！　まさかその〝狂気の獣人〟とシャモエがまだ繋がっているとでも思っているのか！」

「……一族の中にはそう考えている者もおるやもしれぬ」

「勝手な！」

リリィンの怒りは当然。何故ならまったくといっていいほど、シャモエには非がないはずだから。

「それに関してはすまないとしか言うことがない。何とか儂がお主たちは関係ないと言って回りはしたが……」

「くっ！　不愉快だ！　さっさとここから去るぞ、貴様ら！」

日色も別に彼女に反論するつもりはない。日色もまたリリィンの気持ちの方が優先すべきだと思っているから。

しかしそこへシウバが「少しお待ちください、お嬢様」と声をかけてきた。

「……何だ？」

怒気の混じった言葉をシウバにぶつけるが、彼は真剣な表情のまま口を開く。

「よいのですか？」

「だから何がだ？」

「……このままでは、『エルフィス族』の方々に誤解されたままですが」

「放っておけ！　誤解したい奴には誤解させておけばよいのだ！」

「しかし、それではお嬢様の野望が遠のいてしまうのでは？」

一瞬、バツが悪そうにリリィンの顔が歪む。

（野望？　そういや、初めて赤ロリと会った時にも、そんなことを言ってたような……）

中身はまったく聞いていないので分からないが。

「……だがこやつらはシャモエを傷つけたのだぞ」

「それは重々承知しております。しかし元々、我々という存在は、他に受け入れがたいもののはず。常人とは違って、スタートラインがすでに遥か後ろに存在するのですから」

「…………ちっ」

「それでもお嬢様は、我々の希望になってくださると仰ってくださいました。ここでこの問題を放置すれば、お嬢様の道を歪めることになるやもしれませぬ」

しかしやはりシャモエのことがどうしても赦せずにいるようで、リリィンは眉をひそめてジッと一点を見続けている。

しばらく沈黙が続く中……。

「…………あ、あの……」

口火を切った者に、全員の視線が向く。驚くことに、その人物は、リリィンが『エルフィス族』を赦せない原因であるシャモエだった。

「シャモエ？　何かこやつらに言いたいことがあるのか？　いいぞ、存分に罵ってやれ」

「い、いえ……その、そういうわけではなくてですね……」

「む？　歯切れが悪いな。何が言いたいのだ？」

リリィンの催促に、シャモエが小さく喉を鳴らしてから口を開く。

「……確かにシャモエは、怖い思いをいっぱいしましたです」

自分が襲われたことを思い出しているのか、手が微かに震えている。

「で、ですが……その、もし〝狂気の獣人〟さんを放置しておいたら、『エルフィス族』さんたちも危険なんですよね？」

「そうかもしれないが、それこそこちらに関係のない話だろうが」

「そう、ですね。お嬢様の仰る通りです……ですが」

俯き加減でシャモエは話を続けていく。

「何だかそれは……可哀相だなって思ったん……です」

「はぁ……。呆れたものだな。こやつらに襲われたんだぞ？　何故そんな貴様がこやつらの身を案じる？」

確かにその通りだ。日色でさえも、これればかりはリリィンが正しいように思えた。

「だ、誰だって傷つけられれば痛い……ですし、怖い……です。今回、シャモエが襲われたことについても、そういう怖いって思いがあったから」

「違う！　貴様を襲った連中は、ただただ憎しみと苛立ちに囚われていただけだ。それをたまたまここへ来た貴様を襲うことで鬱憤を発散させようとしたに過ぎん！」

「……かもしれません。でもエッゼルさんのように、分かってくれる人や、何も知らない子供たちだってここには……います」

「う……それはそうだが……」

「シャモエがお願いするのも筋が違うかもしれませんです……でも」

シャモエがリリィンに軽く頭を下げた。

「シャモエ……貴様……」

「〝狂気の獣人〟さんをこのまま放置すれば、きっとまたいっぱい悲しいことが起こるような気がするんです。ですからお嬢様、力を貸してあげてくださいです」

シャモエの行動に驚いているのはリリィンだけでなく、日色や当事者であるエッゼルたちもだ。

ただシウバだけは、シャモエをどこか誇らしげな様子で笑みを浮かべつつ見ていた。

（底抜けに優しい奴だな、コイツは）

その優しさがあるから、ミカヅキも懐いているのだろうが。

「そ、それにですね、お嬢様には〝夢〟を叶えてほしいですから！」

「…………はぁ。今回の被害者はシャモエだ。正直、このまま立ち去る方が普通のはず。当然の行為だ。しかしシウバやシャモエの言う通り、ワタシの野望を優先するなら……」

それ以上言葉を発することなく、難しそうに顔を伏せがちにするリリィンに対し、シャモエはニコッと笑みを浮かべる。

「シャモエは……お嬢様が一番です」

「シャモエ……」

「ですから、お嬢様の道を真っ直ぐ突き進んでほしいです」

「……それで、いいのだな？」

「……はい。正直に言っちゃえばですが、その……怖いですし、早くここから出たいって思いはありますけど。……でも、シャモエには、お嬢様やシウバ様、それに……ヒイロ様もいらっしゃるので」

そんなに期待されてもな、と日色は心の中で思う。

リリィンはしばらく腕を組んで思案した後、身体ごとエッゼルへと向ける。

「おい、その〝狂気の獣人〟について、もっと詳しいことを聞かせろ」

「……は？」

「〝狂気の獣人〟――その謎について解明して、シャモエとは何ら関わりがないことを示してやる」

何だか物凄く面倒そうな流れになってきて、日色はエッゼルのように、自然と眉間にしわが寄ってしまう。

あれほど憤っていたリリィンが、まさかの方向転換。驚くのも無理はない。

「何故ここに獣人がいるのか、何故理性を失っているにも拘わらずモンスターを従えられるのか、そもそも何が目的なのか……だ」

「……お主らは本当にやってくれるのか？」

「フン、勘違いするなよ。貴様らのためではない。シャモエの頼みだからというのを忘れるな。それにワタシの野望のためにも、この状況をそのままにしておくのは不都合だし、誤解を解いておくことにしただけだ」

日色は彼女の覚悟を秘めた言葉に目を軽く見開いていた。

（野望……。このまま放置すればそれが叶わないってことか？　一体奴の野望ってのは……）

何となく気になった。あの傲慢で自分勝手なリリィンが、従者の願いを受けて、一度決めた言葉を覆すのは驚嘆ものだ。

（何だかこのままの流れだと、オレも手伝わされそうな感じだな）

そうなれば鬱陶しいことになると思っていると、

「ヒイロ、貴様にも手伝ってもらうぞ」

ほら来た、と溜め息が零れる。

「何故オレがそんなメリットのないことをしなきゃならないんだ？」

「フン、そう言うと思っていた。長よ、貴様らの悩んでいる〝狂気の獣人〟の問題を解決できるかもしれないのだ。何か報酬でも出せ」

「む？　報酬？」

「そうだ。ワタシたちはあくまでも旅の途中で、貴様らにも恩義はない。恨みはあるがな。今回、ワタシには動く利はあるが、コイツにはない」

人を指差すなと言いたいが、日色は黙っておく。

「だがコイツの力があれば、謎も解明できる可能性がグッと高くなる。貴様らにとってかなりの利になるはずだ。まさか無償で動けなどとはもちろん言わないだろうな？」

　思いっきり上からの物言いだが、エッゼルは別段不愉快さを感じてはいなさそうだ。明らかに立場的に弱いからだろう。

「……無論、我らにできることならさせて頂こう。先の獣人との戦いで、戦える者は十人ほどに減った。今度襲われたら、また追っ払えるかどうかは分からん。そんな時にお主たちのような強者がやってきたのも天の思し召しなのかもしれん」

「ずいぶんと勝手な解釈だが……強者、ね。それが分かるのか？」

「長年生きておると、その者が持つ力を感じ取ることができる。お主の力も、ただ強いというだけではあるまい。見た目にそぐわぬ力を持っていることも分かる」

「……ほう、慧眼だな。しかし、ならばコイツはどうなのだ？」

　感心したような笑みを浮かべたリリィンが日色へと視線を促すと、エッゼルはジッと日色を観察した。

「……実際のところ、この少年のことは判断に迷う」

「ほほう、面白い見解だ」

「お主のように、うちに秘めた強い力を感じるわけでもない。一言でいえば……底知れないと言ったところか。力の質も量も正確に把握することができないのは初めてだ」

「ククク、さすがは長に座っているだけはあるということか。安心しろ、貴様の言うことは正しいだろう。何故ならそいつのことはワタシにもよく分からぬのでな」

「指を差すな、赤ロリ」

人に指を差されるのはあまり良い気分ではない。

リリィンは鼻で「フン」と息を吐くと、

「とにかく、手を貸せば何をしてくれるのだ？」

「旅に必要なものを用意しよう。他にも我らが持ち合わせている情報の提供、それに儂の秘蔵のコレクションを渡しても良い」

「秘蔵のコレクション？」

「儂は古いものを集めるのが好きでな。以前、五十年ほど前に作られたとされるヴィンテージワインを手に入れた」

「ワインだと！……しかも五十年熟成されているものか、興味はあるな」

「それにまだいろいろある。遺跡で発掘された古い石盤や、万年クジラの骨、それに幾つか古い文書なども――」

「文書だと！」

「お、おお、急に何だね？」

「今、文書って言ったな？」

「い、言ったが？」

「それは本……書物ってことか？」

「う、うむ。古書が好きなのでな。それなりに古いものなら保管してある」

日色の頬が緩む。同時にリリィンも。彼女は恐らくしめた、と思っているのだろう。

（魔人が大切に保管している古書……か。それは是非とも読んでみたい！）

日色の表情を見てか、リリィンが一つ頷きを見せた。

「どうやら力を貸すのは吝かではない理由ができたようだ。ならばワタシたちが手を貸す報酬として、貴様のコレクションからこちらが指定するものを頂く」

「それでいい。こちらとしては願ってもないことだ。本当に感謝する！　そちらのお嬢さんも本当にありがとう！」

エッゼルが了承を得られたことで嬉しそうに破顔する。シャモエは急に感謝をされたことで、慌てて「い、いえいえ！」と返していた。

「フン、ヒイロもそれでいいな？」

「ああ、だが約束は守ってもらうぞ。書物はオレがもらう」

欲望まっしぐらな日色だった。

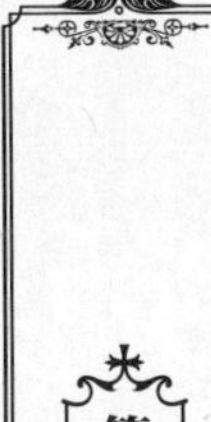

第三章

探索と畑泥棒

「——さて、まずは何からしたものか」

依頼を引き受けたはいいが、何から手をつければいいか悩む丘村日色。

〝狂気の獣人〟の話は、これまで旅で辿ってきた道筋からは情報は得られなかった。ということは、来た道には獣人はいないということ。

一応、『エルフィス族』のエッゼルからは、〝狂気の獣人〟が逃げた方向だけは教えてもらっていたが、そこはすでに他の『エルフィス族』が調査したけど見当たらなかったという答えが出ている。

「〝狂気の獣人〟……か。貴様はどう思う、シウバ？」

「はい、お嬢様。わたくしめは、ただの《獣覚》だとは思えません」

「ほう、その心は？」

シウバ・プルーティスとリリィン・リ・レイシス・レッドローズの会話に興味を引かれ、日色は黙って耳を傾ける。

「基本的に獣人が《獣覚》によって暴走するのは満月の夜でございます。しかし集落が襲われた時、満月ではなかったとエッゼル殿は仰っていました」

「ふむ。ワタシもそれには引っ掛かっていた。さらに姿がまるでモンスターのように変貌を遂げていたとも言っていたな。その姿から悍ましさが感じられたという」

日色もウィンカァの《獣覚》による暴走を目にしたが、化け物じみた力ではあったが、モンスターだとは思わなかった。同時に悍ましさなども感じなかったことを思い出す。

「……シャモエ、貴様はどう思う？」

「ふぇ!? シャ、シャモエですかぁ!?」

「そうだ。貴様には実感があるのだから、どういうものか理解できるだろうが」

……実感？ と日色は思わず眉をひそめるが、話は続いていく。

「そ、そうですね……。シャモエも満月でなかったのだとしたら、それは《獣覚》による暴走ではないと思いますです」

「そうか。やはりその線が強い……か。おい、ヒイロ、貴様の力で探し出すことはできないのか？」

「できるぞ」

「だろうな。さすがの貴様でもそう都合良くは……って、はあ？」

「ん？　何だ、その驚いた顔は？」

「い、いや貴様今……何て言った？」

「何だ、その驚いた顔は？」

「違う！　その前だ！　できると言わなかったか！」

「ああ、言ったぞ」

「……ホントなのか？」

「嘘は言わん。とはいっても、試してみなければ分からないといった方が正しいがな」

「ほほう、貴様の魔法は人探しもできるということか、つくづく不可思議な魔法を持っている」

それはお互い様だと言いたいが、ここで魔法談義をするつもりはない。日色としては、早く事件の謎を解明して、エッゼル秘蔵の書物を獲得したいのだ。

「今から探してみるから、少し待ってろ。……ここらへんに潜んでいるなら、この文字で」

日色は右手の指先に魔力を宿し文字を形成していく。

『探』

この文字を使えば、目的の獣人だって見つけ出すことができるはず。

文字が放電現象を起こした後、普通なら矢印の形になり、目的地へと指示してくれるのだが……。

「……ん？　矢印にならない？」

奇妙なことに文字を発動したのだが、一向に〝狂気の獣人〟がいるであろう方角を指し示さない。

「はあ？」

「どうしたのだ、ヒイロ？」

「……いや、どうやらこの近くには、〝狂気の獣人〟とやらはいないようだぞ？」

「ここら周辺にいるのなら、オレの魔法でその獣人がいる場所を特定できるはずなんだが、それができない。つまり、考えられるのは三つ。一つ、獣人が集落近くにはいない。二つ、獣人がモンスターなどに食べられて死んでしまっている。三つ、姿を隠す何らかの方法を行使している」

「まだあるだろう。貴様の魔法が不甲斐ないという」

「それはないな。今まで何度も同じ状況で文字を試してきて、人も探し当ててる。今回に限ってそれができないということはない」

「フン、なるほど。だがまだ安心はできないということだな」

そういうことになる。一つ目と二つ目なら、集落は安心できる可能性が高い。一つ目はまだ不安要素は高いが、それでも近くに潜んでいるという情報よりは安堵できる。

しかし問題は三つ目。何らかの方法で身を隠す術を持っていて、日色の魔法効果さえ超えるものを得ているとしたら厄介だ。

(それに、一つ目に関して言えば、少し気になってることもある。そもそもホントにそいつが獣人なのかってことだ)

それは自分の姿を変貌させることができる日色ならではの発想かもしれない。

(もしそいつがオレと同じように、姿を変えられる力を持ってたら? 元々人間かもしれないし、魔人かもしれない。だとしたらオレの獣人を探すという文字効果は意味を成さなくなる)

そうだとすれば、獣人は集落近くにいないが、集落を襲った何者かはいるかもしれない。

(しかしオレの魔法では、そんなあやふやな人物を特定し探すことはできないしな)

さすがの《文字魔法》でもそれはできないのだ。一度目にしていれば探索することは容易だが、獣人なのか人間なのか、はたまた魔人なのかも分からない存在を探すことはできない。

「とりあえず、周囲をくまなく調べてみるか」

そうして日色たちは、自分たちの足で集落の周りに怪しいものがないか調査することにした。日色は一応人間が近くにいるのか『探』の文字で探してみたが反応は〝狂気の獣人〟の時と同じ。

昼になっても、めぼしい情報は得られなかった。

エッゼルが用意してくれた昼食を食べ終わった後、リリィンはエッゼルと話をするというので、手持ち無沙汰になった日色は、探検がてらもう一度集落を見て回ることにした。

するとそこへ、

「——あ、あのあの、ヒイロ様ぁ～！」

「……ドジメイド？」

慌てた様子のシャモエが、ミカヅキと一緒にやって来た。

「お前、昨日あんなことがあったんだから、赤ロリと一緒にいた方が良いんじゃないか？」

「そ、そうですけど……その…………ヒイロ様に、お礼を言いたくて」

「礼？　何のことだ？」

「き、昨日のことですぅ！」

「そんな力込めて言わなくても聞こえてるが……」

「ふぇぇぇえっ！　す、すみませんですぅ……」

顔を真っ赤にして慌てふためく彼女の姿はとても可愛らしく映る。

ただ今のこの状況、何か日色が虐めている感じにも映ってしまうかもしれない。

「……まあいい。別に礼はいいぞ」

「ふぇ？」

「昨日オレがお前を助けたのは、お前がいつもそいつの世話をしてくれてる礼の代わりだ」

「ミカヅキちゃん……の？」

「クイィ～」

「そうだ。そいつはオレのものだ。だからな」

「そんな……、シャモエはただミカヅキちゃんが好きなだけで」

「それでもだ。だからもう昨日のことは気にするな」

「は、はいです！　あ、でもありがとうございましたですぅ！」

ずいぶん律儀で真面目な奴だと思いながら、日色は軽く手を上げて反応を返した。

「あの、それと……き、傷の方が大丈夫ですか？」

「傷？　……ああ、問題ない」

昨日シャモエが暴走時に日色を攻撃した時のことを言っているのだろう。

「も、もし手当てがまだだったら是非ともシャモエにさせてほしいですぅ！」

「いや、魔法で治した。だからいい」

「あ、そう……ですか」

何故かシュンとなって肩を落としているシャモエ。

そんなに治療がしたかったのだろうか。

「もう用がないんだったら早く戻れよ。さすがにもう昨日みたいなことはないと思うが、それも絶対じゃないしな」

「あ、待ってください！」

「あ？」

「えとえと……その……できればご一緒しても……いいですか？」

「……顔が真っ赤だが、体調が悪いんなら無理しない方が良いと思うが？」

「ふぇう⁉ ま、真っ赤でしたか⁉ ふぇぇぇぇっ⁉」

両頬に両手を添えながら恥ずかしそうに顔を背けるシャモエに対し、一体コイツは何がしたいのだろうかと訝しむ日色。

「……ついてくるのは構わんが、昨日のような面倒なことにならないためにも、ついてくるならオレから離れるなよ」

「は、はいですぅ！」

ミカヅキと一緒に後ろからついてくるシャモエ。日色は少し離れた場所にあるという、『エルフィス族』の畑へと向かうことにした。

向かっている最中、不意にシャモエが足を止める。隣を歩いていた彼女が突然止まったので、日色もまた立ち止まった。

「……？　どうした？」

「……あ、あの、シャモエはやっぱり……異常……ですか？」

「あ？」

何を急に言い出したのだろうと思い眉をひそめてしまう。

彼女の手を見れば細かに震えていた。顔もうつむきがちで視線を合わせてこない。

「……何をそんなに怖がってる？」

「え……あ、その……あぅ……」

祈るように両手を組みながら口ごもっている。話が進まないので少しイライラした。

「……はぁ、もしかしてオレがお前のことを異常だとか思ってるって考えてるのか？」

肩がビクッと反応し、日色の言葉が的を射ていることを示す。震える唇を動かしながら、彼女が言葉を出していく。

「で、で、ですが、シャモエはその……『魔獣』ですから……」

「『魔獣』ね……魔人と獣人のハーフだったな」

「は、はいです……」

「それの何が異常なんだ？」

日色にとって種族の違いなど大したことではない。だからこそ、他種族で交配することの問題など知ったことではないし興味もない。

「も、元々ハーフというのは忌み嫌われる存在……なのです」

「知ってる。だがそれがどうした？」

「ふぇ？」

「オレは自分の目で見たものしか信じないし、判断しない。少なくとも……」

日色はジッとシャモエを見つめる。

「お前はオレにとって普通だ。ハーフだろうが何だろうが、そんなことは関係ない。今はただの旅仲間ってやつだろ」

「ヒイロ……様……！」

感動して目を潤ませるシャモエだが、日色はそれに気づかずに思考に耽る。

『魔獣』に限らず、大陸をまたいでの他種族交配で生まれた子供は《禁忌》と呼ばれ、全ての種族から蔑まれ疎まれている。その理由として……。

（魔法も使えず、《化装術》も使えない……か）

何でも互いの血が反発しあって使えなくなっているという。

それは人間と魔人のハーフでも同じことであり、魔法が使えなくなる。だからこそ異端とされ、災いの象徴と見なされるハーフは《禁忌》と蔑まれてきたのだ。

交配を禁じられ、もしその禁を破って生まれた子供は即追放――もしくは抹殺対象になることもあると聞く。尤も、その傾向が強かったのは少し前時代の話らしいが、今もなお深く根付いているところは根付いている。

「シャモエのお母さんは魔人で、お父さんが獣人でした……。お父さんはシャモエたちが安心して暮らせる土地を探すために、魔界から獣人界に渡る方法を見つけようとしてくれたんです。まずは一人で獣人界へと入って、渡りをつけようと」

必ず見つけて戻ると愛する妻と娘に告げて二人とは別れたという。

その間、母親と幼いシャモエは、父親が建ててくれた小屋でひっそりと暮らしていたが、近くに住んでいた魔人たちが、彼女たちの存在に気づき接触してきた。

「だけどシャモエがハーフだって気づいたその人たちは、ここから出て行けって何度も何度も言われました。でもお母さんは離れませんでした」

行く当てもなく、父もまだ帰って来ない。どこかに行くとしても、父親を待つと約束している母親としては、彼を待ってここから遠く離れたくなかったのだろう。

だがそれを良しとしない魔人は、彼女たち自身に手を出すことはなかったが、それでも侮蔑や嘲笑などは日常茶飯事であり、当然の如く毛嫌いされ差別されたという。

まだ理解力が乏しかった幼いシャモエはともかく、母親の心は段々と擦り減っていく。

そしてシャモエが五歳になった時、母親の心痛が溜まりに溜まり限界を超えたのか、とうとう倒れてしまう。そのまま――シャモエが見守る中で静かに息を引き取った。

「一人になったシャモエはどうすればいいのか全く分かりませんでした」

母親がいなくなったことを好機と思ったのか、魔人たちは彼女を追い出した。父が造ってくれた小屋も燃やされてしまう。

帰るところがなくなったシャモエは、どこに行けばいいのかも分からず魔界を彷徨うことしかできなかった。

「だけど魔法も使えず、幼かったシャモエが一人で生きていけるほど魔界は優しくはありませんです」

碌に食べ物を得ることも叶わず、水ですらどうやって探せばいいか分からず、彼女の心と身体は瀕死の状態に陥っていく。

もう限界が来てしまい、このまま死ぬのだろうと覚悟を決めた時、ある人物が倒れているシャモエを見下ろしていた。

「それが――お嬢様だったのです」

先程のような怯えた顔ではなく、笑みを浮かべて嬉しそうな表情を見せる。

「その時、シャモエに手を差し伸べてくださって……………も、もう！　超～カッコ良かったんですぅ～っ！」

「……は？」

突然豹変したように目をキラキラさせて日色に詰め寄ってくる。

「倒れているシャモエに『生きたかったらついて来い』って言ってくれたんですぅ！　それでそれで、お屋敷でシャモエを雇って頂けて～！　しかもしかも、お嬢様は《禁忌》とか気になさらないのです！　もうす～っごくお嬢様には感謝を――――っ!?」

そこで自分が我を忘れて、日色に詰め寄っていることに気がついたのか、ボフッと顔から湯気を立ち昇らせ、サササッと慌てて距離を取ってから頭を下げる。

「ふぇぇぇぇぇっ!?　す、すすすすすみませんですぅ！　は、ははしたないところお見せしてしまいましてぇ！　ああもう！　シャモエの馬鹿馬鹿馬鹿馬鹿ぁ！」

どこかで見たような光景だと思いながら、ゴンゴンと傍に立っている木に頭を打ち付ける彼女を見て肩を竦める日色。ミカヅキも呆気に取られている。

「い、いいから気にするな。それで、お前はアイツのもとで働くことになったってわけか。というより、そんな話をオレにしても良かったのか？　大事な思い出なんだろ」

「……シウバ様にお聞きしましたです。その……ヒ、ヒイロ様は種族に拘るような方ではありませんと。ですから……ですからぁ……」

顔を俯かせてチラチラと上目遣いで見上げてくる。

（あの変態ジジイ、余計なことを言いやがって）

心の中で舌打ちをする。

「それにヒイロ様は、シャモエを助けてくれました。ですからその、お、お見苦しいお話だったかもしれませんが、ぜ、是非聞いて頂きたいと思いましたのですぅ！」

「……そうか、お前が良かったならそれでいい。オレは別に他言しようとも思わないし、見る目があったと褒めてやろう」

「あ、ありがとうございますですぅ！　は、褒められて嬉しいですぅ！」

偉そうな日色の言動だが、シャモエは素直に礼を言い、何故か喜んでいる。

（それにしても、やはりコイツにもそんな重い過去があったとはな。ならあの赤ロリやジイサンの抱えてる過去ってのも、相当なものなのかもな）

どうしても聞きたいほど興味はないが、少しだけリリィンたちのことが気になり始めていた。

（奴が言う野望とやらは、コイツやジイサンに関係しているみたいだが……）

まだハッキリとしたものは分からないが、何となくそう思う。

「……話してスッキリしたならさっさと行くぞ」

「は、はいですぅ！」

「クイクイクイ〜ッ！」


——畑の規模は思ったより大きかった。

シャモエとミカヅキと一緒に集落を見回っていたが、あまりめぼしい手がかりはなかった。森の中に作られているので、森林浴をするには絶好の場所だろうが、娯楽的要素が何もないから、毎日ここで過ごすのは退屈だなと日色は思う。

ただその中で、最後に回ろうと思っていた畑に到着したのだが、思った以上に広くて驚いた。

（四十人程度の集落だし、それほど大きくはないと思っていたが、恐らくいろんな作物をる。
育ててるんだろうな）
ビニールハウスのようなものまであり、そこでは『エルフィス族』の者たちが働いてい

シャモエは畑を目を輝かせて見回していた。

「す、凄いですね。いっぱいいろんな食べ物がありますぅ」

「みたいだな。どれも美味いのか？」

「そ、そうですね……、シャモエも扱ったことがあるものもありますが、見たことがない野菜なんかもあります。あ、あれは今が旬の野菜で、と〜っても美味しいですよ！」

彼女が指を差した方向には、スイカのような丸っこいツルツルとしたオレンジ色の作物が畑を埋めているのを発見できた。

「――おや、あんたたちは……」

「あ、い、いきなり来ちゃってお仕事の邪魔でしたよね、すみませんですぅ！」

シャモエの言葉に反応したのは、『エルフィス族』の女の人。恰幅の良いお母さん的な雰囲気を醸し出す人物だ。おっかさんという言葉が似合う。

おっかさんは突然のシャモエの反応にキョトンとしたがすぐに大笑いをする。

「気にしなさんな。それよりも嬢ちゃんだろ、昨日うちの連中が迷惑かけたって子は」

「え……あ……」

「悪かったね」

「……！」

「アイツらも根は悪い奴らじゃないんだけど、どうにも単純バカな奴らでね。謝っても赦してもらえるとは思っちゃいないけど」

「い、いいえ！　それはもういいんです！　そ、その、こちらこそお仕事場にいきなりお邪魔してすみませんです！」

「ハハハ！　それ二回目だよ！　面白い子だね嬢ちゃんは！」

「ふぇ……ふぇぅ……」

恥ずかしそうに顔を伏せてしまうシャモエ。

「それより見学したきゃ勝手にしていいよ」

彼女の言葉に、日色が「いいのか？」と問う。

「いいよいいよ。何なら今一番熟れてる果物でも食べてみるかい？」

「その言葉を待っていた。当然もらおう」

「ヒ、ヒイロ様……素直過ぎですぅ」

「クイィ……」

シャモエとミカヅキが呆れたような声音を聞かせてくるが、日色はまったくもって無頓着だ。そこに美味いものがあるなら食うだけだ。

おっかさんが、一つのビニールハウスに案内してくれる。ミカヅキは大きくて入れないので、外で待ってもらうことにした。

ムワッとするその中は、緑に囲まれており、奇妙な果物が幾つも顔を覗かせている。

(変わった形の果物だな。まるで船の錨みたいだ)

まさしく船舶などを水上の一定範囲に留めておくために使う道具にそっくりだった。

大きさは五センチメートルほどだろうか。

「それは《アンカーフルーツ》っていうんだよ。そのまま千切って食べてみな、美味いよ」

おっかさんに好きなのを食べてもいいよと言われて、緑色のソレを千切って食べてみる。

「──んっ、これは甘酸っぱくて美味いな！　どことなく苺のような甘味と酸味だ」

「はいです！　それに果汁がたくさんですから、ジュースを作っても美味しいかもです」

「それはいいな。おっかさん、是非これを大量にくれ」

「お、おっかさん？　アンタのおっかさんになった覚えないんだけど……」

「あ、つい口が滑った。だが要求は呑んでほしい」

「ご、強引な子だね……。まあ、別にたくさんあるから持ってっていいよ。けど、あっちの方に生ってるやつは勘弁してほしい」

「あっち？」

おっかさんが指を差した方向には、柵で囲われた小さな畑があった。

「一応同じ果実なんだけど、あそこに生ってるのは一年に十個程度しか育たない《ゴールドアンカーフルーツ》って呼ばれてるものなんだよ」

見れば、普通の《アンカーフルーツ》より三倍ほど大きく、金色をしている。

特別な果物。実に食欲をそそる。

「………食べたらダメなのか？」

「ハハハ、あれは祝いの日に出す貴重なものだしねぇ」

「くっ、ここにきておあずけか……」

「まあでも、アンタたちには少しくらいわけてあげてもいいよ」

「マジかっ！」

「って、アンタ近いよ！」

「ああ、すまん。つい興奮してしまった。けどホントにもらってもいいのか？」

「少しだけね。いろいろ詫びの印としてさ」

日色はおっかさんのことを好きになりそうだ。この人はとても良い人だと心の底から感じた。

「じゃあさっそく……ん？」

「どうかしたかい？」

「いや……何かいるぞ？」

日色が二人の視線を誘導すると、そこには《ゴールドアンカーフルーツ》の畑でゴソゴソと何かやっている小さな物体を発見する。

さらにその物体は、足元に置かれてある袋に《ゴールドアンカーフルーツ》を採っては投げ入れていたのだ。

「な、何て乱暴に収穫を……って、アレは⁉」

おっかさんが目を見開く。彼女の声に驚いてその人影は日色たちへと振り向く。

体中に竹の笹のようなものを束ねて作ったようなローブを着込んで、器用にフードも作っており、顔を覆い隠しているので確認することができない。

（な、何だアイツは？）

最初は獣かと思ったが、手足をみると人間と同じだった。

（しかも裸足だと？）

もしかしたら『エルフィス族』の子供が悪戯をしているのかと思った矢先、

「――そこを動くんじゃないよ！　今日という今日は捕まえて叱ってやるからね、畑泥棒！」

「『は、畑泥棒？』」

おっかさんの言葉に日色とシャモエはハモりながら唖然としてしまう。

おっかさんに畑泥棒と言われた存在は、袋を右手でギュッと掴むと、その場から逃げようとする。

「逃がしゃしないよ！　それは貴重な作物なんだからね！」

そうだった。これから日色が頂く楽しみな果物なのだ。

（あのちびっ子には渡さん！）

日色は、シャモエに入口の方で待っていろと言ってから、畑泥棒を捕まえるために視線を走らせた。

周囲は緑で覆われていて視界が悪い。畑泥棒がどこで鳴りを潜ませているのかが分からない。おっかさんも息を殺しながら辺りを見回していた。

ガサッと近くで音がした瞬間、日色は全速力で向かい畑泥棒を視界に捉える。

「見つけたぞ！　大人しくしろ！」

手を伸ばすが、器用にヒラリとかわされる日色。

相手が子供なので、これくらいで捕まえられるだろうとタカをくくっていたが、あっさりかわされたことに驚く。しかも相手は足払いをしようと水面蹴りを放ってくる始末。

日色は咄嗟に後方へ身をずらして回避する。

（おいおい、ただの子供の攻撃速度じゃないぞ？）

もし避けていなかったら、間違いなく転倒させられていた。

ここで逃がすと、せっかくの《ゴールドアンカーフルーツ》が食べられないかもしれない。そう思った日色は、気を引き締めてジリジリと間を詰めていく。

相手も日色の気迫を感じているのか、下手に動こうとはしない。しかし次の瞬間、畑泥棒が、距離があるというのに高く蹴りを放ってきた。

「――っ!?」

突然日色は瞼を閉じてしまう。どうやら足で器用に砂を掴んで投げてきたようだ。

「ちっ、舐めたマネをっ！」

砂が目に届く前に瞼を閉じたので視力は無事だが、瞼を閉じた一瞬の隙に逃げようと畑泥棒が移動を開始した。

「逃がすかっ！」

大人げないかもしれないが、先程されたお返しに足払いを放った日色。畑泥棒は避けら

れず転倒してしまい、日色は好機だと思い捕まえようとする——が、

(——え?)

こけた拍子にフードが少しずれて、畑泥棒の瞳を見つめた日色。普通ならこのまま拘束するのだが。何故か手が止まった。

それは多分、相手の瞳が黒だったからかもしれない。そう、日色と同じ黒。

この異世界の住人たちの中で(勇者たち以外)、初めて黒い瞳を持つ存在と会ったことで、日色の中で僅かながら懐かしさを感じた。

しかし躊躇した隙に、畑泥棒は身体を起こしてその場から逃げる。

再度日色は手を伸ばそうとするが……。

(何だ……?)

違和感。

それはほんの小さな感覚。

捕まえようという気持ちはあるのに、何故か捕まえてはいけないような、そんな漠然とした気持ち。そんな不可思議な心の迷いが込み上げて手が止まってしまっていた。

するとピィイイイーッと、どこまでも届きそうな高音が聞こえ、おっかさんが細長い笛を吹いているようだ。

日色もその音でハッとなるが、いつの間にか目の前にいた畑泥棒の姿はなく、

「こ、こここないでくださいですぅうっ！」

シャモエの声がビニールハウス中に響き渡る。

畑泥棒が、シャモエがいる入口へ向かって猛突進し、そのまま彼女の脇を通過した。

シャモエはパニックになったまま、足を滑らせてそのまま転倒……ということにはならなかった。

「……おい、大丈夫か？」

「あ……ふぇ？　ヒ、ヒイロ様？」

日色が間一髪で彼女を抱きかかえることに成功していたのだ。

おっかさんも慌ててビニールハウスから出るので、日色もそのまま彼女を横抱きに抱えたまま出る。

外では、笛の音を聞きつけたようで、

「コラァァァーッ！」

『エルフィス族』の男が、両手に持った棒を振り回し、畑泥棒に襲い掛かっていた。

恐らく畑泥棒が現れたら、先程のように笛の音で知らせる手筈になっていたのだろう。

しかし畑泥棒は素早い動きで男の棒をかわすと、日色に放った時のような足払いを食ら

わせ男を転倒させてしまう。

（やっぱり速いな）

その動きは本当に獣の如く素早いものだった。倒れた男も、頭を打ったのか「痛ててぇ……！」と頭を擦っている。

（それにしても、あんな奴が畑泥棒だったとはな）

目撃情報では、小さい体躯をしているとは聞いていたが、子供のような奴がそうだとは驚きだった。

見ていると、畑で働いている他の『エルフィス族』が集まって来て、畑泥棒を囲み始める。

「よ、よ～し、今日こそは捕まえてやるからな！」

「いつもいつも畑のものを盗みやがって、説教してやる！」

「逃がすなよ、絶対捕まえるぞ！」

『エルフィス族』に囲まれて逃げ場を失う畑泥棒だが、少しも慌てる様子を見せない。

（……どうするつもりだ、この状況で？）

少し興味が湧いてきた。どうやってこの状況を打破するつもりなのか、はたまた捕まってしまうのか。まるで捕り物劇を見ている感覚で少し面白い。

畑泥棒に向かって一人が背後から迫る。しかし畑泥棒は野生の勘ともいうべき感じで、即座に反応して身を翻し、またも相手の足を引っ掛けて転ばせる。

次々と捕まえようとする『エルフィス族』たちだが、小さくてすばしっこいのか、なかなか捕まえ切れずに翻弄されまくりだ。

（確かに長の言った通り、すばしっこくて捕まえにくい奴だな）

畑泥棒は転倒した者の身体を踏みつけて、そのまま大きく跳び上がると、囲いの中から脱出してしまった。

日色は感心する。よくもまあ、そんな動きができるものだと。『エルフィス族』たちも決して遅くはなかった。ただそれ以上に、相手の方が速いのだ。

するとそこへダダダダダダと何か地面を叩いて走ってくるような音が響き、そちらに視線を向けると、その存在もまた畑泥棒と同様に、体中に笹のようなもので作った着衣を着て全体を覆い隠している。

こちらはまんま獣のような四つ足で駆けつけてきた。

それまで軽やかな身のこなしで『エルフィス族』たちを翻弄していた畑泥棒が、その獣の上に大股で跳び乗った。と思ったら、そのままに踵を返して、かなりの速度で逃げ去っていく。

「あ、待てーっ！」

「くっそぉ！　また逃げられたぁ！」

「悔しいぃいぃい〜っ！」

どうやらいつもこんな感じで逃げられているようだ。

おっかさんも「何やってんだい、役立たずだね！」と愚痴を溢している。

（あっさりと泥棒成功か。大した奴だ）

日色との対峙はともかく、他の者たちを軽くいなした事実に感心していると、

「あ、あのぉ……」

「……あ？」

「しょ、しょのい、い、いきにゃり抱きしめりゃれるのはハードル高いでしゅぅう〜っ」

腕の中に抱えていたシャモエが、顔から湯気を出して気絶してしまった。

（あ、コイツのことをすっかり忘れてた）


「――――ほほう、例の畑泥棒が出たということか」

「そうだ。まあ、すぐに逃げて行ったが」

「ふむふむ、よ～く分かった。畑泥棒に関しては別に関与するつもりなどない……が、ワタシとしてはどうしても一つ聞いておかねばならぬことがある」

「何かあったのか？」

「……何かあったのか、だと？」

　ビシィッと日色の顔面に向けて指を突き出してくるリリィン。

「何故貴様とともに出掛けたシャモエが気絶しているのだ！　しかも帰ってくる時はお姫様抱っことはこれいかに!?」

「……いや、これいかにとか言われてもな……」

　あれから気絶したシャモエをエッゼルの家まで運んだのは日色だ。その際に運びやすいから横抱きに抱えていたのも事実。だがそれのどこが悪いというのだろうか。

「ノフォフォフォフォ！　さすがはヒイロ様！　あの人見知りなシャモエ殿が心も身体も許すようになるとは！　お嬢様とシャモエ殿、そしてわたくし！　これで三連チャンですなぁ！　まさにハーレムぶくふぉぅっ!?」

　シウバの勝手な物言いに苛立ったのか、リリィンが股間を蹴り上げて大人しくさせた。

　相変わらず容赦のない奴である。

（それにしても何が三連チャンだ。ハーレムでもないし、ひそかに男である自分を入れる

とは……やはりこの変態、危険過ぎる）

そのままできれば数時間大人しくしてもらいたいと思いつつ、シウバから視線をリリィンへと戻す。

「とにかく、大した被害がなくて良かった。一族の者も、転倒時に少し頭を打ったり擦り傷を作ったりした程度なので問題ないしな。……まあ、《ゴールドアンカーフルーツ》が奪われてしまったのは惜しいがな」

作物が奪われるといっても、奪われるのは毎回それほど多くはない量。放置しても許容できる範囲内だという。

今回は貴重な《ゴールドアンカーフルーツ》を奪われて怒っている者もいたし、エッゼルも残念がってはいるが、まだ未熟な実も残されていたということで、とりあえずはそれを守る方向でおっかさんたちは考えるようだ。

「ところで、あの小さいのがどこからやってくるかは分かってるのか？」

日色が尋ねると、エッゼルが難しい顔をしながら答える。

「ふむぅ……いつもここから西の方角へ逃げていくことは分かっておる。しかし西には集落がないと聞く。恐らくはぐれの魔人なのだろう」

「……だがモンスターみたいな奴もやってきたぞ」

「ああ、乗り物にしている奇妙な存在だな。恐らくその魔人が飼っている魔物なのかもな」

「魔物？　モンスターじゃないのか？」

「おっと、すまぬ。魔物というのはモンスターの別称だ。昔はそう呼ぶ者が多かったのだ。儂もその一人。モンスターと呼ぶようにしておるんじゃが、今みたいにたまに魔物と呼んでしまうのだよ」

エッゼルが言う魔物。その名前には聞き覚えがある。

以前通過した【ラオーブ砂漠】には〝砂漠の魔物〟という存在がいた。魔物とモンスターとはイコールで繋がっているということだ。

「その魔物――モンスターの正体も分からないのか？」

「四つ足で走り、畑泥棒が使役しているということだけしか分かってはおらぬ」

どうやら彼らの情報量を当てにはできないらしい。

「む、何だヒイロ。気になるのか？」

リリィンが聞いてきたので、日色は軽く肩を竦める。

「さあな。気になるといえば気になるし、どうでもいいといえばどうでもいい」

「何だその気持ちの悪い答えは。男ならハッキリとしろ」

「ほっとけ」

本当は自分でも何故気にしているのか分からない。しかし妙に気持ちが、あの畑泥棒に向いている。それが自分でも不思議ではあった。

（魔人の子供……か。あの時、オレが手を出せなかった理由は子供だったから、なのか？）

それにもう一つ気になることがある。

（仮にそうだとしても、何でオレは《ゴールドアンカーフルーツ》を奪われたのに、そんなに悔しくないいんだ？）

悔しくない。もっといえば、果物をあげてもいいとさえ思った。普段の日色からは考えられない思考である。

（……まあ、長が問題視していないというなら、わざわざ関わる必要はないか。それよりもオレたちが解くべき謎は、〝狂気の獣人〟のことだしな）

どうせ集落から出たら、その畑泥棒とも会わなくなるに違いない。一時の気の迷いにいつまでもこだわっている暇はないと思った。

「ところで赤ロリ、長と話し合っていたようだが、何を話してたんだ？」

「〝狂気の獣人〟についてだ。特徴もそうだが、連れていたモンスターの数や種類などの情報を得ていた。他にも魔界に関する情報もつつがなくな」

さすがは年の功。こう見えても数百年生きているロリババアなので、情報収集の大切さをよく理解しているようだ。一応エッゼルの言っている情報も、報酬の中に入っているので、ここぞとばかりに聞いていたのだろう。

「そんなことよりヒイロ、まだシャモエが気絶していた理由は聞いておらんぞ！」

「知らん。例の畑泥棒が突進してきた時にコイツが転びそうになった、そして気づいたらこうなってた」

「転びそうになっただけで気絶などするか！　一体何をしたのだ！」

「お前、何でそんなに追及してくる？」

「べ、別に追及などしてはおらんわ！　ただシャモエの主として、何があったか把握しておく必要があるだけだ！」

「それを追及しているというんだがな」

「ノフォフォフォフォフォ！　まさかヒイロ様、シャモエ殿と事故チューをしたとかではないですかな！」

「ちっ、復活したのか変態」

日色とリリィンがハモる。

「というか、自己中？　意味が分からんが？」

「ノンノンノン、自己中ではございません、ヒイロ様。事故でキスをしてしまう、名付けて事故チューッ！　出会いがしらにぶつかってしまい、唇が触れ合う。また階段でこけそうになった女人を庇おうとした時に一緒に落ちてしまい、気づいたら唇がピタリと！　シャモエ殿もその突然のハプニングによって、あまりの恥ずかしさで意識を奪われたのではないでしょうか？」

「な、なななななっ⁉　そ、そそそそんなことをしたのか、ヒイロォッ！」

何という逞しい妄想だろうか。というか信じるリリィンもどうかと思うが。

「そんなわけがないだろう。大体オレは今まで誰ともキスなどしたことはない」

「嘘をつけ！　ワタシとは間接キ……ッ」

「ノフォ？　間接？　間接がどうされましたかな、お嬢様？」

「な、何でもないわ！」

「で、ですがお顔が真っ赤でございますよ？」

「うるさいっ！　いいから貴様はもう一度沈んでいろっ！」

「ふぶぉぅんっ⁉」

シウバはまたもリリィンの股間蹴りをくらって床に沈む。さすがに同情を禁じ得ない。

（しかし関節とは何だろうか……？　腕か？　足か？　……分からん）

ただ聞き返して、シウバのようなことになってもあれなので下手に追及はしないようにした。

「じゃれついてないで、今後の方策は決まってるのか？」

「誰がじゃれついているっ！　どうやら日色、貴様とは改めてゆっくりと対話をしなければならないようだな」

「時間の無駄だからそう言っただけだ。そんなに怒ると血圧が高まるぞ。ただでさえ年寄……」

年寄りと言おうとした日色だが、リリィンから尋常ではないほどの殺気が迸ったので口を閉ざすことにした。

「……おほん。おい長、〝狂気の獣人〟について一つ、聞きたいことがある」

「何かな？」

急に話を逸らしたので、リリィンは睨んできているが、日色は無視して話を続ける。

「例の獣人――モンスターを操ってたって言ってたよな？」

「そうだが」

「そのモンスターってのは、ここらに生息してる奴らなのか？」

「様々だ」

「そうか」

もし特定できるのであれば、そのモンスターの生息地が隠れ場所なのかもしれないと思ったが、

（まあ、それくらい誰でも思いつくか。それにしても、獣人がモンスターを連れて大陸を歩いてるなら、それなりに話題になりそうなものだがな）

しかしそのような話は、今まで通過してきた場所では聞いたことがない。

「……一体〝狂気の獣人〟どもはどっから現れるんだろうな」

「はあ？　それが分からないから四苦八苦しているのだろうが。若いくせにボケたのか、ヒイロ？」

先程の仕返しとばかりにニヤつきながら言ってくるリリィン。

「あのな、オレが言ってるのは、もしかしたら〝狂気の獣人〟もオレみたいに――」


――ギィイイイイイイイイッ！


突然響く、甲高い獣のような叫び。

少し和んでいた空気が一気に緊張し、次の瞬間、外から『エルフィス族』たちの悲鳴があちこちから轟いてきた。

「何事だっ⁉」

エッゼルが皆の気持ちを代表して叫ぶ。

「いいから外に行くぞっ！　シウバはシャモエの護衛だ、いいな！」

「畏まりました、お嬢様！」

リリィンの先導で、日色とエッゼルは家の外へと出て行く。そこで見たものは――――。

「な、何だコイツらは――っ⁉」

日色の視界に飛び込んできた光景。どこから現れたか分からないモンスターと思しき者たちの群れ。少なくとも十体はいるだろうか。

全身が赤黒く変色した、敵意と殺意に満ちたオーラを宿した存在。そいつらが集落に向かってやって来ている。

「こ、こやつらだっ！　こやつらこそが……あ、ああ……っ⁉」

エッゼルの表情が強張り、ある一点に視線が集中されている。自然と、彼の視線の先を、日色も追う。

それはモンスターの群れの中。同様に全身を赤黒くさせた〝獣人〟らしき者がゆっくりと集落へ近づいてくるのが分かった。

「現れおった……！　奴が……また……っ！」

エッゼルだけではなく、他の『エルフィス族』たちも一様に青ざめて恐怖に顔が歪んでしまっている。

無理もない。一族に悲しみと痛みを与えた〝狂気の獣人〟が現れたのだ。

ただ日色たちは――

（どうやら、探す手間が省けたみたいだな）

探しても見つからず、今日はもう諦めて新しい対策でもと思っていた矢先のこと。

目の前に現れたターゲットの姿を見て、僅かながら頬を緩め日色はこう思った。

願ってもない――と。

第四章　狂気の獣人、来襲

「何故（なぜ）奴らの襲撃（しゅうげき）を予測できなかった⁉　警戒（けいかい）態勢は解くなと言っておいたはずだろうっ！」

「申し訳ありません、長！　しかし奴ら、いきなり出現しまして！」

「い、いきなり……だと！」

集落の周りには『エルフィス族』が警戒態勢を敷（し）いており、いつ獣人が来てもすぐに報告できるようにしてあったはず。だから外から来たのであれば確認（かくにん）できた。

なら一体どういうことか……。

（突然……現れた。やっぱり変だな。周りを厳重に警戒していたにも拘（かか）わらず、すんなりと〝狂気の獣人〟たちは集落近くへと入り込んでいる。オレの使う転移のような力も持ってるのか……？）

日色が気になって、先程リリィンに言おうとしたのはそのことだ。仮に〝狂気の獣人〟が転移できるとしたら、外からの警戒など意味がないのだ。

そしてこの状況を考慮すると、転移してきた可能性が非常に高い。魔法を使えないはずの獣人種が、どうやって転移をしたのかは謎であるが。

「ええい！　とにかく集落に入れてはならん！　何とかして外で仕留めるのだ！」

エッゼルの言葉により、『エルフィス族』の者たちは、緊張で強張った表情のまま返事をし、少し離れたところからやってくるモンスターたちへと向かっていく。

（あれが……〝狂気の獣人〟……か）

その姿を見て、丘村日色はフラッシュバックを覚える。それは恐らく隣に立っているリィン・リ・レイシス・レッドローズも、そうだろう。

「……おい、赤ロリ」

「……ああ、言わなくても分かっている。アレは《獣覚》で暴走しているのではない。アレは……」

そう、あの姿は、少し前に出会ったある者と非常に酷似していた。

「――――〝砂漠の魔物〟……！」

日色の見解はそれ。赤黒い肌もそうだが、何よりもその胸の中心に埋め込まれている真っ赤な石のようなものに見覚えがあった。

〝砂漠の魔物〟――その存在の胸にも、真っ赤な核が備わっていたのだ。

姿こそ獣耳と尻尾がある獣人ではあるが、醸し出す獰猛さも〝砂漠の魔物〟と似通い過ぎている。

リリィンもまた同じことを考えていたようで、訝しむ様子を見せながら口を開く。

「どういうことだ？　カミュの父親が〝砂漠の魔物〟にされたのは十年も昔のことだったはずだぞ。ならアイツも十年前に同じようにやられたというわけか？」

【ラオーブ砂漠】に住む『アスラ族』の長――カミュ。その父親であるリグンドが、ある男によって〝砂漠の魔物〟にされてしまう事件が十年前に起きた。

先日、日色たちが手助けをして、〝砂漠の魔物〟を倒すことに成功したのだが、リグンドと姿が似ているということは、あの〝狂気の獣人〟もまた、十年ほど前にリグンド同様、謎の男に変えられた可能性が高い。

だが〝狂気の獣人〟が暴れ始めたのは最近。十年間も生きていたのなら、何故今までその姿が確認されていなかったのか……。

（ただ一つ言えることは、病気なんかじゃなかったってことだな。明らかにあの獣人の状態は、胸の赤い石のせいに思える）

無論〝狂気の獣人〟が本当に〝砂漠の魔物〟と同様の状態だとすれば、だが。

「……よく分からんが、とにかくこの状況を何とかしなければならないことは変わらんぞ？」

「それもそうか。謎は奴を捕まえて解明するか。ヒイロ、貴様はどちらを相手にする？」

「はあ？　どちらとは？」

「モンスターか〝狂気の獣人〟か、だ」

「……別にどちらでもいいが――」

その時、まだ少し先にいたはずの〝狂気の獣人〟が、一気に間合いを詰めてきて、その伸びた鋭い爪を日色とリリィンに向けて振るってきた。

「「ちィッ！」」

互いに舌打ちをしながら後方へと跳ぶ。しかし相手は追撃の手を緩めず、今度は日色だけに狙いを定めて肉薄し、腕を摑んできた。

「しまっ⁉」

「グラァァァァッ！」

思いっきり振り回され、そのままぶん投げられてしまう日色。

「うっおぉぉぉぉっ⁉　――がはぁっ⁉」

遠心力と加速がついたまま、近くに立っていた木にぶつかり木ごと倒されてしまった日色に、相手はまだ手を緩めずに追い打ちをかけてくる。本能で、まだ倒せていないと察知しているのだろう。

「くっ……調子に乗るなよっ！」

身体に設置していた《設置文字》の一つ――『加速』の文字を発動させると、腕に『加速』の文字が浮き出る。身体が軽くなり、日色はその場から高速移動し、逆に相手の背後をとった。

「お返しだっ！」

背中を思いっきり蹴って吹き飛ばしてやったが……。

（っ……何だ今の感触⁉　まるでタイヤでも蹴ったような感じだったぞ）

堅く、それでいて弾力のある皮膚。それはまさに筋肉の鎧を纏っているかのように思われた。

吹き飛んだ〝狂気の獣人〟も、まるでダメージがないようで、敵意に満ち満ちた黒い瞳をぶつけてきている。

口からは涎を垂らしつつ、飢えた獣のように低い唸り声を上げながら息を上げていた。

「フン、どうやら貴様を御指名のようだな。ならワタシは雑魚どもを一掃するとするか」

「お前に必要かどうかは分からんが、気をつけるんだな。相手はただのモンスターじゃないぞ」

「そんなこと一目見て理解している。だがたとえSSランクだとしても、ワタシに牙を剝けばどうなるか思い知らせてやるだけだ」

不敵な笑みを浮かべた彼女は、『エルフィス族』が戦っているモンスター群のもとへ向かって行った。

（さて、オレはアイツだな）

それにしても、と対面する〝狂気の獣人〟を観察する。

リリィンが考えていた通り、見た目からしても《獣覚》で暴走しているとは思えない。

満月でもないし、昨日のシャモエや、以前のウィンカァと比べても明らかに違う。

醸し出す敵意や獰猛さは類似してはいても、その風貌は明らかに異常だ。

（なら『元』の文字じゃ戻らないだろうな。そもそも奴の元の姿も知らないし）

魔法はイメージが必要。相手の元の姿を知らない以上、元に戻すことはできない。

（とにかく、まずは動きを封じて……）

そう思った途端、〝狂気の獣人〟の筋肉が隆起し体格が1・5倍ほどになる。

「何っ⁉」

大地を割るほどの踏み込みを見せたと思ったら、相手が風のような動きで接近してきた。

（くっ！　その巨体でこの動きか⁉）

咄嗟に《刺刀・ツラヌキ》を抜き、迎撃態勢に入る――が、目の前から相手の姿がかき消える。

「っ⁉　――上かっ⁉」

頭上へと顔を向けると、〝狂気の獣人〟が鋭い爪を振るい、そこから斬撃を飛ばすという芸当を見せてきた。

日色は刀でその斬撃を切り裂くが、次々と雨のように降り注いでくる斬撃に手が回らず、左肩に裂傷が走ってしまう。

「ちぃっ！　なら！」

腕に設置していた『防御』の《設置文字》を発動させ、周囲に青白い魔力の壁が半球状に広がる。斬撃はその壁に阻まれ弾かれていく。

「ギラァァァァッ！」

空から落下してきた〝狂気の獣人〟が、壁に向かって殴る蹴るを繰り返す。大地に降り立ち攻撃を繰り出している敵に対し、日色の眼が光り好機を定める。

「ムダだ。ついでにこれをやるよ」

〝狂気の獣人〟に向かって『雷』の文字を放つ。しかし野生の勘を働かせたのか、文字が当たる瞬間に身体を捻ってかわす。

（今のを避けるのか!?　何て反射神経だ！）

そのまま文字は真っ直ぐ相手の背後に立っていた木にぶつかり発動。文字から凄まじい放電が生まれ、木から炎が立ち昇る。

（……仮にアイツが〝砂漠の魔物〟と同じ存在だとしたら、多分もう……）

自我も失いただ本能のまま行動するモンスターのようになっているはず。しかも元には戻らない。

（なら拘束したところで無意味……か？）

それでもやはり動きを奪うことは必要だと判断し、防御壁を消してから、『加速』の文字を使って敵との距離を潰す。

しかしその時、左側から殺気を感じて、咄嗟に立ち止まり意識を向けると、地面がボコッと盛り上がり、そこから何かが飛び出してきた。

（んなっ!?　地面に隠れてたのかっ!?）

〝狂気の獣人〟が操っている可能性が高いモンスターが攻撃を仕掛けてきた。

象のように長い鼻を持つモンスターで、その鼻の先が斧のような鋭い刃状になっている。

それが二足歩行している熊のような生物なのだから驚きだ。両手の丈夫で太い爪を使って地面を掘り進んできたのか、土がこびりついていた。

グイングインッと不規則に敵の鼻が動き、日色を捉えようと追ってくる。

「面倒な！」

日色は身を翻して、先にモンスターから始末しようと思い距離を詰めるが、またも上空から異様な殺気を感じてしまう。

上を注視してみれば、そこには先程のように〝狂気の獣人〟が爪を振るい斬撃を飛ばしてきていた。

「アイツ、仲間ごとっ⁉」

今、日色とモンスターの距離はほとんどない。それなのに、斬撃による広範囲攻撃をするということは、確実にモンスターも巻き込んでしまう。

日色は刀で斬撃を弾いたり、受け止めたりして防ぐが、モンスターは斬撃によって身体を傷つけられ、自慢だろうその長い鼻も切断され、そのまま大地に沈む。

「あのクソ獣人め、見境なしか……ん？」

絶命したであろうモンスターの身体に、〝狂気の獣人〟と同じような赤い石を確認。

「あれは……奴と同じ？　ならコイツらはまさか……！」

脳裏に浮かぶある想像。

（仲間意識もない。同じ赤い石を身につけてる。しかも全員が暴走していて、赤黒い肌を

してる……。モンスターをクソ獣人が操ってると思ってたが、それは違うのかもな）
そもそも暴走中の獣人がモンスターたちを操れるわけがない。獣人とモンスターという違いはあるが、状態だけは見事に同じ。ということは……。
（コイツらを操ってる誰かが……いる？）

※

日色に〝狂気の獣人〟を当てて、自分はモンスターの相手をすることになったリリィン。

「かなり物足りないが、せっかくだ。少し食事をさせてもらうことにしよう」

不敵に笑うリリィンの殺気に気づき、リリィンの近くにいるモンスターたちが一斉に始末しようと取り囲んでくる。

「お〜お〜、心地好い殺気だ」

猪のような四足のモンスターが、リリィンに向かって突進してくる。当然無防備に当たるわけにはいかずに大きく跳び上がる……が、

「——上か」

鳥型のモンスターが羽を飛ばして攻撃してくる。

「ククク、ムダだ」

ギロリと眼光を鋭くさせながら、リリィンは僅かな隙間を縫うように身体を動かして羽を回避していく。

地上に下りると、今度は足元の地面が盛り上がり、そこから巨大ミミズのような気色の悪いモンスターが出現し、その長い身体でリリィンの身体に巻き付いてきた。

「ふむ、捕まってしまったか」

その光景を見て、周りで同じく戦っている『エルフィス族』たちが矢を放ち助けようとしてくるが、

「余計なことはするなっ！」

一喝すると、彼らは攻撃の手を止めた。

せっかく楽しく戦っているというのに、邪魔をされるのは興が削がれる。

「さて、苦しいではないか、小虫め」

リリィンは手刀の形を作ると、そこに魔力をコーティングしていく。さらにそのまま真っ直ぐ振り下ろすと、モンスターの身体が綺麗に寸断される。

「っ⁉　す、凄い……っ⁉」

あっさりとモンスターの拘束から抜け出したリリィンに、『エルフィス族』たちは唖然

としつつ言葉を漏らしていた。

しかし寸断したはずのモンスターだが、絶命することなく切られた身体を自己再生し始める。

「ほう、しぶとい奴だ。……さぁて、そろそろ終わりにするか」

周りにいるモンスターたちを見回す。
一、二、三……全部で八体を引きつけられている。
「ククク――――ワタシを見るがいい」

膨大な魔力がリリィンの両眼に宿り、鋭い眼差しがさらに鋭さを増していく。

そして、今まで動いていたモンスターたちが、次々と意識を失ったように身動きをしなくなる。

「まだ終わりではないぞ。――――《夢喰い》――――発動」

直後、動かないモンスターたちから青白いオーラが滲み出てきて、それがリリィンの口へと独りでに向かっていく。

八体すべてから、そのオーラを吸収した後、

「…………っぷはぁ」

満足感を得て、つい頬が緩むリリィン。

「ククク、馳走になったぞ。些か不味かったがな」

一瞬でモンスターを倒したリリィンを見て呆気に取られている『エルフィス族』を尻目に、リリィンは残っているモンスターを確認する。

「残りは二体か。あれだけならばこやつらでも対処できるだろう」

それにしても……と思案する。

「こやつらも〝狂気の獣人〟にも意志が感じられん。それなのに、何か明確な目的があって、ここを襲っているような気がする。これは何だ……？」

獣人もモンスターも、まさしく狂気にかられているだけの暴走した獣。彼らの瞳はやはり〝砂漠の魔物〟のソレと酷似しており、同一視できる存在だ。

（〝砂漠の魔物〟にも明確な意志はなかった。ただ本能の赴くままに捕食し、邪魔する者は殺す。それに固執しているように見えた。しかしこやつらは捕食をしようと襲っているわけではない）

実際に〝狂気の獣人〟たちが『エルフィス族』を食べたという情報はない。

（だが二度も現れるとは、何かしらの目的があるはず。…………なるほど。こやつらは何、者かの人形、ということも考えられるか）

思いつくのは、カミュの父親であるリグンドを〝砂漠の魔物〟と化したであろう謎の人物。

（同一人物というなら、この行いには何かしらの意味が必ずあるはず。何かを試していいる？　なら何を？　いや怨恨という線も……）

幾つか考えられるが、どれも確証はない。

（ここにきて奇妙な縁だな。まあ、こやつらを詳しく調べれば分かるだろうが。特に〝狂気の獣人〟の方をな）

なら早く日色に注目する必要がある、と視線を向けた。

※

〝狂気の獣人〟を誰かが操っている――。

そう考えれば辻褄が合う。ただ何のために〝狂気の獣人〟たちを操り、この集落を襲っているかはいまだに謎ではあるが。

「……よく分からんが、やはりまずはコイツを捕らえた方が良いような気がしてきた」

日色は刀の切っ先を〝狂気の獣人〟へと向ける。相手も警戒するように睨みつけながら、ジリジリとゆっくりと間を詰めてきていた。

（……行く！）

日色が駆け出したと同時に、〝狂気の獣人〟もまた同時に大地を蹴り出す。接近し、刀と爪が鎬を削り火花を散らす。しかし剣戟にも似た攻防の最中、

（ぐっ！　何て力だっ⁉）

相手の一撃一撃の重さに辟易してしまう。

さすがは身体能力に特化した獣人種だ。

「ガルァァァァッ！」

今度は大きな口を開けて噛みつこうとしてくる。

「させるか！　こっちに来てみろ！」

日色は後方へ大きく跳び、それを追ってくる〝狂気の獣人〟の足元に注意を向ける。

（よし！　今だ！　捕らえろ、《文字魔法》！）

何もないはずの地面から、突如『粘』の文字が浮き出て地面の性質を変化させる。鳥もちのようになった地面のお蔭で、〝狂気の獣人〟は足を掴まれ動きを止めてしまう。

突進する前に罠を仕掛けておいたのだ。

「そのまま今度は大人しくしてもらうぞ！」

今度は『制止』の文字を書こうとした時、

「ウガァァァァァァァッ！」

相手がけたたましい咆哮を上げ、身体から凄まじいオーラが噴出し、そのオーラが地面を削りクレーターを生み出していく。そしてそのまま力ずくで跳び上がり、日色に向かって爪を伸ばしてくる。

慌てて刀で弾くが、日色は体勢を崩されてしまい、接近してきた〝狂気の獣人〟に蹴りを食らわされた。

「ぐあぁっ⁉」

激烈な一撃で、ガードしたつもりの右腕の骨が軋む。地面を転がりながら刀まで落としてしまう。

「くっ……っの野郎……っ！」

今の一撃でかなりダメージを受けてしまった。右腕がまだ痺れている。まともに受けていないとはいえ、とてつもない威力が込められていることは身体で感じた。

（ふぅ……力の上昇具合は多分《獣覚》にひけを取らないんだろうな）

あの攻撃をまともに受けると、さすがの日色も一溜まりもないだろう。日色はゆっくりと立ち上がり、額の汗を拭う。

（それにしても、一文字魔法を力ずくで破るなんてな。二文字魔法か三文字魔法を使わな

いとダメってことか）

ギロリと殺意に満ち満ちた睨みをぶつけてくる相手に対し、二文字を書こうと指を動かした瞬間――

「ガルァァァァッ！」

〝狂気の獣人〟が爪を大地に突き立てたと思ったら、衝撃波のようなものが地面を伝って日色の足元まで伸び、

「おわっ⁉」

突然グラリと地面が揺れ、バキッと亀裂が走った直後、日色を中心として、左右の地盤が剣山のような形態に変化した。そして日色に向かって地面が独りでに動き、挟撃してくる。

「くっ、やはり《化装術》は使えるのか⁉」

獣人特有の魔法に代わる技術――《化装術》。暴走していても使えるようだ。

このまま挟撃されてしまうと、体中が穴だらけになってしまう。そうなれば即死確定。

前方へ跳び回避行動を取るが、その前方には〝狂気の獣人〟がすでに待ち構えており、

（コイツ、オレがコッチに避けるように誘導を――）

鋭い爪が日色へと迫る。跳び上がっていることもあり、回避行動が取れない。《設置文

字》も発動するタイミングを逸している。

爪が日色の胸に吸い込まれようとしたその時――――何かが視界の端から飛び込んできて、〝狂気の獣人〟を吹き飛ばしてしまった。

「……っ!?」

命を救ってくれた何かに視線を集中させる。

「フン、あんな雑魚に何を手子摺っている」

「――っ!?　あ、赤ロリッ!?」

そこには不機嫌そうなリリィンが立っていた。彼女が間一髪、敵を蹴り飛ばしてくれたらしい。

「ちっ、しかしかなりの防御力だな」

顔をしかめながら、地面をトントンと右足のつま先で叩いている。蹴ったはいいものの、その反動で少しダメージを受けたのかもしれない。

「これでもモンスターどもの力を吸収して打撃力も上がっているはずなんだがな」

「お前、モンスターと戦っていたんじゃ……」

「はあ？　あんな雑魚ども、粗方片づけて、残りは『エルフィス族』の連中に任せている」

背後を見てみると、地面にはすでに息絶えているのか、やはり無傷のモンスターが横たわっており、あと二体ほどと『エルフィス族』が交戦中だ。

モンスターを囲って、皆で弓を射て仕留めようとしている。

「あの程度なら連中でも大丈夫だろう。それよりも貴様だ。何を勝手に殺されそうになっている？」

「……お前が来なくても何とかなっていた」

「フン、どうだかな」

いや、実際彼女が来なければ、爪で胸を串刺しにされていた可能性が非常に高い。一応身を翻して、何とか急所だけは避けるつもりではあったが、それでも無傷では済まなかっただろう。

「とにかく、まだ物足りん。戦いというものを見せてやるから、そこでジッとしていろ」

「勝手なことを――――あ、おい、後ろ！」

リリィンの背後をつき、吹き飛ばされたはずの〝狂気の獣人〟が迫って来ていた。

「――フン、気づいておるわ！」

シュンッとリリィンの姿がかき消えたかと思うと、逆に敵の背後をつき、身体を回転させた踵落としを相手の背中に落とした。

「ガブァァッ⁉」

リリィンの攻撃の威力は高く、〝狂気の獣人〟は地面を割るほどの衝撃力で突っ込んだ。しかしすぐに起き上がり、リリィンに向かって両手の爪を振るうが、紙一重ですべてを彼女はかわしていく。

「ククク、遅い遅い、遅いわっ！」

一瞬の隙をついて、〝狂気の獣人〟の顎を蹴り上げ、跳ね上がった顔面に再度踵落としを食らわせた。

盛大な土煙とともに地面に沈み込む〝狂気の獣人〟と、威風堂々とした感じで腕を組みながら、うすら笑いを浮かべて敵を見下ろしている少女。

（つ、強い――っ！　出鱈目にもほどがあるほどの強さだ。あのクソ速い動きの獣人をまったく相手にしてないぞ）

それはまるで子供と大人の戦い。いや、外見上でいえば確実にリリィンは子供になるのだが、内包する力は、リリィンの方が暴虐的なまでに強かった。

「……ほう、まだ動けるとはな。かなり強めに攻撃したはずだが」

度重なる連続攻撃で沈黙したと思われた〝狂気の獣人〟だが、まだ起き上がろうとしている。

「なら今度は覚めることのない悪夢の中に案内して――」

「赤ロリッ、上を見ろ！」

「何⁉」

日色の叫びにより、咄嗟に上空を見たリリィン。そこには鳥型のモンスターがいて、リリィンに向かって滑空してきた。

「ちっ！　まだ殺し漏れがあったか！」

リリィンの紅い瞳が開かれ、鳥型のモンスターの身体がズズンッと揺れる。するとモンスターの瞳から光が失われ、そのまま落下して大地に突き刺さった。

「フン、悪夢の中に案内する順番が狂ったではないか。さて……」

しかしリリィンが再び意識を〝狂気の獣人〟に向けようとしたが、そこにはすでにいなかった。

「おい、集落の方へ向かったぞ、追うぞ赤ロリ！」

「このワタシを無視して去るとは良い度胸だ！　〝狂気の獣人〟めっ！」

完全にバカにされたと思っているのか、リリィンの怒りのボルテージは上がりまくっている。

（まあ、クソ獣人はアイツから逃げてるって可能性の方が高いけどな）

だがとにかく、奴を追うべく日色も追いかけることにする。

そして集落に到着すると、〝狂気の獣人〟に対し、集落に残っていた『エルフィス族』たちが、火の魔法や風の魔法などで撃退しようとしている光景が飛び込んできた。しかし相手の速過ぎる動きについていけず翻弄され、爪の斬撃によって次々と大地に倒れていく。

「そろそろ大人しくしろっ！」

死角から日色が刀で攻撃を繰り出したが、見事にかわされてしまう。追ってリィンが追撃。彼女の動きは〝狂気の獣人〟を上回っており、その蹴りが相手の右脇腹を捉える。

「ガラァァァァァッ!?」

そのまま吹き飛んだ先は、一際大きな蔵のような建物。壁を破壊しながら中に入った〝狂気の獣人〟を追うと――

「……ここは、食糧庫か何かか？」

日色の視界に飛び込んできたのは、野菜や穀物などが収められてある光景。

さらにその食糧を、本能のままに〝狂気の獣人〟が口にし始めた。

「おい！　調理もしてないのにもったいないことするんじゃないっ！」

「そういう問題か……」

日色の言葉にリリィンが呆れながら呟く。

だがここの食糧を調理すればもっと美味くなるはずなのだ。それなのに、ただ腹に溜めればいい的な感じで食べられるのは、美食家としての日色の矜持が許さない。

「いい加減食べるのは止めろっ！」

接近して刀を振るうが、〝狂気の獣人〟はそこから大きく跳び上がり、天窓から外へと脱出した。

「このっ！　ちょこまかちょこまかと！」

リリィンとともに外へ出た日色は、〝狂気の獣人〟の行方を探す……が、

「――きゃあっ⁉」

突然の悲鳴。それはエッゼルの家の方からだった。家にはエッゼルと一緒に過ごしている娘やその子供たちがいる。それに……。

「マズイ！　あそこにはシャモエが！」

リリィンが加速し、すぐさま救援に向かうが、家から吹き飛んでくる人影を見て、思わず日色たちは足を止める。吹き飛んできたのは――〝狂気の獣人〟。

「おやおや、レディたちに襲い掛かるとは、些か礼儀に欠けておりませんか？」

家から出てきたのは、柔和な笑みを浮かべたシウバだった。その背後から、慌ててシャ

モエやエッゼルの家族たちが一緒に逃げるように出てくる。

「どこのどなたか存じ上げませんが、レディには優しくしなければなりませんぞ？」

シウバの足元の影がグインッと広がり、そこから針状に変化した物体が突き出て、〝狂気の獣人〟を貫こうと襲い掛かる。

しかし〝狂気の獣人〟は華麗にかわし、シウバへと肉薄した。爪がシウバへと伸びる。

「ノフォフォ、見えておりますぞ」

シウバは真っ直ぐ伸びてきた爪を、身体を半身にして回避し、懐から食事時に使うナイフを取り出すと、相手に向かってカウンターで一閃。相手の腹部に赤い筋が走った。

〝狂気の獣人〟はダメージを受けたというのに平気な顔で、シウバに対し、爪による連続攻撃を繰り出していく。

その間に、シャモエたちは日色がいる場所へと避難してくる。他の『エルフィス族』たちもシウバの戦いを見守っていた。

「――シウバッ、早々にそいつを倒せ！」

「！　畏まりました、我が主！」

リリインの言葉にシウバは応えると、素早い動きで〝狂気の獣人〟の背後へ回ったシウバがナイフを捨てると――

「――シャドウクリメイト」

彼の右手から黒いオーラが出現し、それが剣のような形へと変貌した。彼の闇魔法で創られた刃である。

「はあっ！」

閃光のような連撃で、どんどん体中に裂傷が刻まれていく〝狂気の獣人〟。たまらずその場から脱出し、ある建物の上に飛び乗った。

「逃がしませぬぞ！　これで、終わらせましょう！」

シウバも同じように大地を強く蹴り跳び上がる。建物よりも、〝狂気の獣人〟よりも高い位置に到達し、ターゲットを見下ろす。

そして胸の前でサッカーボールを持つような手の形にしたシウバの身体から大量の魔力が溢れ出し、それが両手へと集束されていく。

（凄い魔力だ……！）

日色もまた、彼が扱う大量の魔力に目を見張っていた。これから放つであろう闇魔法の凄まじさを予見させる。

「――――フィアクリメーション」

シウバの両手の中に黒い炎のようなものが顕現し、それをシウバが眼下に立つ〝狂気の獣人〟へ目掛けて放った。

　黒い物体は真っ直ぐ落ちて行くが、当然〝狂気の獣人〟は逃げようとする……が、足元から伸び出てきた黒い蔓に身体を拘束されて身動きがとれなくなってしまう。

「ギ……ガァッ⁉」

　このままシウバの魔法の餌食になる、と思われたが、〝狂気の獣人〟の爪が異様に鋭く伸びて、黒い蔓を切断してしまった。

「むむむ！」

　シウバも拘束が解かれると思っていなかったのか、眉をひそめていたが、彼が放った黒い物体は、すでに〝狂気の獣人〟の目の前まで迫っていた。

　〝狂気の獣人〟はすぐさまその場から大きく跳び上がって逃げようと試みる。だが黒い物体は突如として何十倍にも膨れ上がり周囲を包み込む。

　黒い物体に包み込まれたすべてのものは、まるでその中に吸い込まれるようにして消失する。そこにあった建物や草木、地面もまた削り取られていく。

「ガッ……ギアァァァァッ⁉」

　全消滅こそ防げたものの、〝狂気の獣人〟は逃げる際に左腕を黒い物体に食われてしまい、そこから大量の血液を飛び散らせている。

「むっ、浅いですかな。では次は外しませんぞ！」

シウバが再度同じ魔法を繰り出そうとするのだが、そのシウバのさらに上空から、巨大怪鳥が出現し、傷ついた〝狂気の獣人〟を掻っ攫ってその場から逃げてしまった。

シウバも思わぬ助太刀に対処ができずに、そのまま地上へと降り立つ。

「むぅ……よもや助太刀がいたとは。逃げられるとは不覚ですな」

シウバは若干乱れた髪を手で整えながら苦笑を浮かべる。

もう少しというところで、敵には逃亡されてしまったのだから当然悔しいのだろう。

ただ日色にとっては、そんなこと、いい、いい、よりも大事なことがあった。

今、日色の視界に映っているのは、何もかも消失しクレーターのみがある場所。

そこには一体何があったのか。そう、そこには――――エッゼルの家があったのだ。

（……ちょっと待てよ、長の家がなくなった？　それもキレイさっぱり？）

ではエッゼルと約束していた例のものは……？

長であるエッゼルもその場に駆けつけて、自分の家族の無事を確認していた。

日色は内心がざわつきながらも、エッゼルに話しかける。

「……お、おい……長」

「あ、ああ良かったぁ、皆もよくぞ無事で……」

「おい、長！」

「な、何だ!?」

「……例の秘蔵の書物とやらは無事……なのか？」

「は？　秘蔵？　……ああ、書物なら家の中に………へ？」

エッゼルも固まる。何故ならもう彼の家は跡形もなく消え去っているのだから。

「………儂の家はどこだ？」

そこへエッゼルの家族が、事の顛末を彼に教える。

「な、なくなった……!?」

エッゼルはあんぐりと口を開けながら固まってしまっている。

日色は震える唇で再度エッゼルに問う。

「……秘蔵の書物も消えたってことか？」

「……は、ははは……何もかもないわ」

目に見えて愕然としているエッゼルだが、大きな溜め息を吐いた後、

「いや、それでも皆が無事で本当に良かった。それだけが救いだ」

「ノフォフォフォフォ！　シャモエ殿やエッゼル殿のご家族には、指一本触れさせは致しませんでしたよ！」

「うむ。家のことはまあ、残念だったが。うちの者たちを助けてくれたのだ。ありがとう」

シウバは「当然でございますよ！」と陽気に言いながら笑う。

しかし日色がギロリとシウバに視線を向けると、

「む？　どうされましたかな、ヒイロ様？」

日色は視線をエッゼルの家があった場所へ移し、シウバの視線を誘導する。

少し沈黙があったが、シウバは「……あ」となり、再度日色と目を合わせた。

「………何か言うことはあるか？」

「…………ノフォフォフォフォフォ。……どうやら少し張り切り過ぎてしまった模様ですな。

シウバのお・バ・カ」

瞬間――――プツン。

日色の中で何かが音を立てて切れた。

言葉の後ろに〝♪〟がついたような言い方と、舌をペロリと出して茶目っ気を出し、和やかなムードを出そうとしたつもりだろうが……。

「お、おいヒイロ……？」

日色が小刻みに身体を震わせ、身体から膨大な魔力を溢れさせていることに気づき、リリィンが困惑気味に声をかける。

「……ふふふふふ」

「ヒ、ヒイロ……？」

「……ふふふ、ははははは……オレの本をよくも……よくも消しやがったなぁっ！」

この恨み、晴らさでおくべきか。この変態は一番やってはならないことをした。

沸々と沸き上がる怒り。

「まだ……読んでなかったのに……っ！　覚悟はできてるんだろうな、変態執事？」

「ノフォ……。こ、これはマズさ百パーセントなのでは……？」

シウバが助けを求めるようにリリィンに顔をギギギと動かしてみるが、彼女はやれやれと溜め息を吐いて、

「……考えなしに魔法を放つからだ、愚か者。甘んじて報復を受けるのだな」

見放したようなリリィンの言葉に、シウバはビクッとしつつ、青ざめた顔で日色を見つめる。

「ヒ、ヒイロ様！　も、申し訳ござ――」

「お前の血は何色だァァァァァァァァァァッ！」

「ノフォォォォォォォォォォォォォォォッ!?」

日色の怒りが頂点に達した瞬間だった。

日色たちの活躍のお蔭で、〝狂気の獣人〟とそのモンスターたちを撃退することができ、『エルフィス族』は嬉々とした表情を浮かべていたのだが……。

「……いい加減機嫌を直したらどうだ、ヒイロ？」

リリィンが、不貞腐れている日色に呆れた様子で声をかけた。

「お前には分からんだろう。オレが一体何のためにここまで必死になったのか」

それもすべてはエッゼルの持つ秘蔵の書物が読みたかったからだ。

あれから一応書物の残骸が残されているか調べてみたが、どうやら見事に消失してしまったらしい。

ある程度でも残っていたら『復元』の文字を使えば元に戻せたかもしれない。しかし何一つないのであれば、それも不可能。だからこそ日色は骨折り損のくたびれ儲けで機嫌が悪いのだ。

「それもこれも全部あの変態が悪い」

エッゼルの家がなくなり、とりあえず誰かの家に厄介にならなければということで、畑で出会ったおっかさんが、「ならウチに来な」というので、エッゼルともども彼女の家にやって来ていた。

そしてその天井から垂れたロープに、逆立ちで吊るされたシウバを日色は睨みつける。すでに彼は日色に報復をされてボロボロで、ゆらゆらと揺れていた。

子供たちが面白そうに棒で突いたりして遊んでいる。それをシャモエは心配そうにただ眺めていた。

「……まあ、ヒイロはしばらく放置しておくとして、だ。長よ、奴らが突然集落周辺に現れたのだと一族の者たちが言っていたと聞いたが？」

「うむ。どうもそのようだ。周囲は警戒していたはずだ。近づいてくる者がいればすぐに対応もできた。あんな大所帯だったのだから尚更だ。しかし突然の奇襲で、皆が浮足立ってしまった」

「……突然現れた。もしや転移系の魔法……いや、奴は獣人だ。魔法は使えん。それに《化装術》も土属性だったはず。モンスターにもそれらしい力を使う存在はいなかった。ならどうやって転移してきたのか……」

皆が黙りこくり思案している最中、真っ先に口を開いたのは日色だった。

「──考えられるのは、誰かがここに送り込んだってことじゃないか？」

「……復活したのか、貴様」

「黙れ。いつまでも落ち込んでいても始まらん」

口惜しくても、ウジウジしているだけでは前に進めない。本当に悔しいが。

「いや、しかしヒイロの見解は当たっているかもな。奴らには理性がなかった。すなわち考える力も冷静さもないということ。誰かに操作されているような感じだったな。ここに送り込まれたという説が有力……か」

リリィンも日色の意見に賛同しているらしい。

「ただ謎なのは、何のために送り込んでいるか、だ。この集落には何か特別なものはあるのか、長よ？」

リリィンが尋ねるが、エッゼルが首を左右に振る。

「いいや、至って普通の集落だ。数も少ないしな。誰かが目をつけるようなものは持ち合わせてはおらんよ」

「なら怨恨というのはどうだ？」

「怨恨………いや、我らは他と関わりは少ない。それほど恨みを持たれるようなこともしていないはずだ」

黒幕がいるとして、ならその者の真意は何だろうか。何もない集落に二度も現れ、獣人たちを暴れさせる理由……。

「…………実験、でございましょうか？」

しばらくの沈黙の中、不意に口を開いたのはシウバだった。しかしいまだに逆さ吊りであるのでマヌケに映る。

リリィンが眉をひそめて、

「実験、だと？」

と問うと、シウバは「はい」と頷いて続ける。

「前回の襲撃の概要をお聞きしたところ、その時は獣人と、モンスターが五匹ほどだったと」

「うむ、その通りだ」

エッゼルが首肯する。

「しかし今回はモンスターの数が倍ほどに増えておりました。普通の観点から見れば、ここに何か手に入れたいものがあって、それを手に入れるために必死、と思われます。しかし現実は、ここには襲撃してまで入手するような貴重なものはないということです。なら、黒幕がいるとして、その者の真意は……何かの実験ではないかと」

「ふむ。実はワタシもその見解を持ってはいた。シウバ、その実験とはどういうものだと考える？」

「ハッキリしたところはさすがに分かりかねますが、前回との相違点、それを比べますと少し見えてくるのです」

「ほう、相違点だと？」

「はい。前回の襲撃では、モンスターの数もそうですが、その強さも今回ほど強くはなかったとお聞きしました。そうでございますよね、エッゼル殿？」

「うむ。確実に力を増しておった。モンスターだけでも、お主たちが力を貸してくれなんだら危なかったであろう。それに〝狂気の獣人〟の力も確実に増しておった」

「そうでしょうな。もしあのような力と数があれば、前回追い払うことすらできずに壊滅していた可能性がありますから。しかしこの短期間で、あれほどまで力を増した。これは何らかの外的要因が考えられますが、理性をほぼ失っているあの状態では自らが修行などをして鍛えた、ということはないでしょう」

「そうか、だから誰かが〝狂気の獣人〟に力を与えたっていう説が成り立つってわけだな」

「その通りでございます、お嬢様。黒幕は獣人やモンスターたちを使って、何かを実験している。そしてそれは恐らく……あの赤い石」

獣人やモンスターたちに埋め込まれていた赤い石。日色もアレには何かあると思っている。

「わたくしたちは、あの赤い石と同じようなものを以前にも確認しております」

シウバが言うのは〝砂漠の魔物〟に関することだ。

「そして、その赤い石を埋め込んだ黒幕についても、ある程度情報を得ています」

「……確か、〝十字傷の男〟……だったか？」

リリィンが思い出すように口を動かす。

【ラオーブ砂漠】で出会った『アスラ族』の長、カミュの父親であるリグンドを殺し、モンスター化させたと思われるのは、〝十字傷の男〟と呼ばれる人物だった。

「その赤い石の効力を確かめている……のではないかと、わたくしは睨んでおります」

「なるほどな。シウバの言うことにも一理ある。確かに、シウバの言ったように黒幕がいて、奴らを送り込んでいるとしたら、それは赤い石を使って獣人たちがどこまで戦えるか実験している可能性が高いかもな」

リリィンが確信を得たような頷きを一つ見せた。

「なら、また実験を繰り返すことが考えられるのではないか？」

「お嬢様の仰る通り、このまま放置すれば、またあの〝狂気の獣人〟を使って実験することも考えられます。しかし二度失敗し、今回は大ダメージを負ったわけですから、もしかしたら用済みとして処理されるかもしれませんが」

「可能性としては否定できないが、さらに〝狂気の獣人〟を使って、今度はここではない他の集落を襲うことも考えられるな」

それまで沈黙を守っていた日色の言葉に皆が静まり返る。

そうなればこの集落は安全になるだろう。しかし他の集落はそうはいかない。それにまた舞い戻ってくる可能性も高いのだ。

「……待てよ、黒幕にとってあの獣人は使い勝手が良いのかもしれんな」

「どういうことでございましょうか、お嬢様？」

「何故ならあまりにもモンスターが助けに来たタイミングが良かったからだ。まだ失うには惜しい。だから助けを寄こした。そうも考えられる」

「ならその黒幕は、どこかでこちらの様子を窺っていた、ということになりますが？」

「……〝狂気の獣人〟が向かった場所には、その黒幕がいる可能性が高いな」

「追われますか、お嬢様？」

シウバの問いに、リリィンは沈黙で応える。

別に必死になって追いかける理由もないということなのだろうか。一応『エルフィス族』も守れたし、アフターケアまで行う必要性があるのか考えているのかもしれない。

当然エッゼルたちの希望は、〝狂気の獣人〟を討伐してほしいというものだろう。しかし、ここで奴を追ってまで仕留めてくれとはさすがに頼めるはずもない。

だからこそ、『エルフィス族』は口を開かずに見守っているだけなのだろう。

「お、お嬢様、その……いいですか？」

「ん？　何だ、シャモエ？」

「えっと……ですね、〝狂気の獣人〟さんは、カミュさんのお父さんと同じなんですよね？」

「その可能性は非常に高いな」

「そして、〝狂気の獣人〟さんが向かって行った場所には、〝十字傷の男〟の人がいる可能性もあるんですよね？」

リリィンが「ああ」と呟くと、シャモエは少し考えた後、

「もしこのまま放っておいたら、カミュさんのお父さんみたいな人たちがいっぱい造られちゃうんじゃないでしょうか？」

「それはまあ、そうだろうな。奴が何かしら実験をしているとしたら、それが終わるまでは続くだろう」

「それは……何だか嫌……です」

「シャモエ……」

「ヒイロ様は、どう思いますか？」

「は？　オレか？」

いきなり振られたので驚いた。

「は、はい。ヒイロ様は、カミュさんと仲良くなられました」

「別にそれほど仲良くなってはないと思うが……」

「いいえ。とっても仲良しさんでした！」

「そ、そうか？」

「はい。きっと、このままカミュさんのお父さんみたいな人たちが造られると、きっとカミュさんだって悲しんじゃいますです」

「……………お前は奴を追った方が良いって言うんだな？」

「……………はい。戦えないくせに、何を言ってるんだって思うと思いますが……」

「別にそんなことは思わん。お前が底抜けに優しいのはもう分かってるからな」

「ふぇ!? ヒ、ヒイロ様……！」

シャモエは褒められたことに顔を真っ赤にしてあたふたし出す。シウバはそんな彼女を見て微笑ましく笑うと、

「お嬢様、赤い石の問題は、いずれ解決しなければならない問題になるやもしれませぬ」

「どういうことだ？」

「お嬢様の野望にそぐわないことだからです」

「……！　ああ、そうだろうな」

「もし赤い石が大量に出回り、様々な生物に植え付けられたと仮定すると、この世はまさに地獄と化してしまうでしょう」

それは日色にとってもいかんともしがたいことである。そうなったら世界の宝ともいえる料理人たちも殺されてしまう可能性があるのだ。

「つまり、貴様らは〝狂気の獣人〟を追い、始末をつけた方が良いと言うのだな？」

シウバとシャモエは同時に頷く。リリィンは腕を組みながら、ゆっくりと顔を日色へと向ける。

「貴様はどうだ、ヒイロ？」

「確かに赤い石に関していえば、後々、大問題に発展しそうではある」

日色の脳裏に実の父親を手にかけたカミュの姿が映る。家族を止めるためとはいえ、あれほどの行為はすでに苦行という言葉を超えているだろう。

「そうだな。では追うか？」

「……面倒ではあるな。しかし……」

シャモエの目を見ると、訴えるような様子で見つめてきていた。日色はスッと目を閉じる。

「……まあ、〝狂気の獣人〟のせいでせっかくの書物も台無しになったということもあるしな。……手を下したのはどこぞのアホ執事だが」

「ノフォフォフォフォ！　手厳しいですなぁ！」

「ケジメを取らせるために追うのもいいかもな」

「ククク、素直にシャモエに諭されたからとでもいえばいいものを」

「うるさい。そんなことは断じてない。はっ倒すぞ、赤ロリ」

「ククク、まあいい。確かにこのまま放置できない問題でもあるからな。ワタシの野望の邪魔にもなりそうだ」

「「お嬢様！」」

シウバとシャモエがハモった。

「ああ、中途半端で終わるのは気持ちが悪い。最後まで結末を見届けてやる。それに例の黒幕とやらにも会ってみたいしな」

皆の意志が、〝狂気の獣人〟を追うことで一致した。

「ただお嬢様、あのような者たちを生み出す黒幕が本当にいるのであれば、相当厄介な者かと」

「だとしたらなおさら見てみたいじゃないか。一体どのような面をしているのか、この目で確認してやろう」

リリィンの興味はすでに黒幕へと向かっている。好奇心で突き動かされる彼女らしい行動原理だ。

「おい長よ、〝狂気の獣人〟が飛んでいった方角には何がある？」

「…………確か【バンブーヒル】があったな」

「ほう、【バンブーヒル】……か」

「竹に囲まれた広大な丘だ。身を隠すにはもってこいの場所であろう。しかし本当に〝狂気の獣人〟を倒してくれるのか？」

「あ？　ああ、勘違いするな。ワタシたちが追うのはワタシのためだからだ」

お前のためだけじゃないがな、と心の中で日色はツッコんだ。

「その黒幕の顔を拝んでやる。例の〝十字傷の男〟なのかどうかも気になるしな」

「だが〝狂気の獣人〟はどうするつもりなのだ？」

「知らん。依頼は残念ながら、貴様が報酬を払えなくなった時点でチャラだ。ワタシも〝狂気の獣人〟とシャモエは繋がっていないことは証明できたと思うしな。それでいい」

一応報酬としては、リリィンには秘蔵のワイン、日色には書物だった。

「まあ、ワタシの野望を妨げる石ころになるのであれば、全力を以て排除するだけだがな」

「……そうだな。これ以上は何も言うまい。そもそも、一方的に迷惑をかけた上、嘆願するなどもってのほかだしな。しかし……」

エッゼルが頭を下げる。

「この度は、集落を救う手伝いをして頂き、真に感謝する。一族の代表として、礼を言う」

エッゼルの後ろにいた彼の家族や、おっかさんも頭を下げた。

「フン、感謝は受けておこう。しかし約束は守れ。例のシャモエを傷つけた輩を厳罰に処すことを。もし再び邂逅した時、貴様が約束を違えていた場合、ワタシは慈悲もなく奴らを始末するからな」

その場にいると無意識に身体が震えてくるほどの恐怖を感じさせる殺気を溢れさせるリリィン。事実、エッゼルやその周りの者たちは顔を青くさせてしまっている。

(……やはりコイツは只者じゃないな)

分かってはいたが。〝狂気の獣人〟との戦いでも終始圧倒していた。それに集落を襲っていたほとんどのモンスターを彼女が倒したし、彼女の強さが想像以上のものだと日色は改めて思う。

「それじゃ行くか」

　リリィンが先導して、おっかさんの家から皆で出て行く………が、

「あ、あのぉ………ノフォフォ。忘れられるとはこれもまた放置プレイというやつですな」

　ただ一人、いまだに吊るされた変態が嘆いていた。


　外に出ると、エッゼルたち『エルフィス族』が見送りとばかりに集まってきた。

　ちなみに一人で脱出したシウバも合流している。

「ではさっそく向かうとするか、その【バンブーヒル】とやらに――」

「まって！」

　そこへ日色たちに向かって、子供たちが駆け寄ってくる。ペコリと頭を下げた子供たちが、

「「「たすけてくれて、ありがとぉ」」」

　何の邪気も含みもない純粋な感謝がそこにあった。

　リリィンもまた、その子たちの気持ちに当てられたのか、尖っていた雰囲気が少し柔らかくなる。場の緊張も緩み始め、一族の者たちが再び次々と頭を下げてきた。

「申し訳ありませんでした！」

「疑ってすみませんでした！」

「助けてくださり感謝しています！」

「いろいろすまなかったね！　それとありがと。道中に、これでも食べな」

などなど、堰を切ったように口々に謝罪と感謝が述べられる。

最後のおっかさんからは、収穫した作物を入れた袋を受け取った。これは日色的にはありがたい。

また謝罪に関して、シャモエに向けられているものが多く、その光景を見てシャモエはあわあわと戸惑っているし、リリィンも呆気にとられたように目を丸くしていた。

そんな彼女に対し、ほっこりと笑みを浮かべたシウバが「……お嬢様」と言うと、

「フ、フン、分かっておるわ！」

リリィンが腕を組みながら、『エルフィス族』の者たちを一通り見回した後、口を開く。

「いいか、今回貴様らを襲った事件に関しては不幸としか言いようがない……が、それは決して獣人全体のせいでも、ましてやハーフや《禁忌》のせいではない。どんな存在にも悪い者がおれば良い者もいる。それを決して忘れるな！」

彼女にとって、シャモエ……いや、自分たちに対しての疑いが解けたことで満足してい

るはず。

「噂は噂でしかないし、その者の本質を見極めるには、やはり話し合う必要がある。見た目や噂で決して決めぬことだ。同じ命を持つ存在として、生きているということだけは憶えておけ」

それだけ言うと、リリィンは彼らの反応を待たずに背中を向けて歩き出した。

「ではヒイロ様、我々も向かいましょう」

「……そうだな」

少し意外だった。リリィンが今のような言葉を述べることが。ただ日色もまた、彼女の言い分には同調できる。そう、思った。

日色たちが集落から離れて見えなくなるまで、『エルフィス族』たちはずっと見送っていた――。

※

空から鳥型のモンスターとともに獣人が地上へと降り立つ。それは『エルフィス族』たちから〝狂気の獣人〟と呼ばれている存在だった。

しかし〝狂気の獣人〟は力尽きたように地面に倒れ込んでしまう。左腕は肘から切断されており、そこから大量の血液が流れ出ている。

　そこは周りには何もない殺風景な草原が広がっている場所。ただ何かを待っていたように、その場には一人の人物が佇んでいた。

「——ほう、これは……」

　全身を真っ黒のローブで覆い、フードで顔も隠している低い声の男。その男が、痛々しいまでにダメージを負った〝狂気の獣人〟を冷たい視線で見下ろしていた。

「コイツは実験の相性が良かったタイプだったのだがな。前回と比べて、今回はより力を増していたはずなのに、それをここまでにするとは。余程の者と接触したか……？　いや、『エルフィス族』の集落には、それほどの者はいなかったはず……。しかも戻ってきたのはコイツだけ……か」

　彼が飛んできた方向を遠い目をしながら見つめる男だが、すぐに視線を切る。

（情報では獣人界や人間界に送った奴も失敗したと聞く。まあ、アレらは人間を使っていたしな。身体能力的にも獣人と比べて劣化している。回収する必要もない……か。……まあいい。しょせんは遊びだ。まだまだ完成までには時間がかかる。さて、コイツをどうするか……）

しばらく沈黙が続くが……。

「またそこらへんのモンスターとともにあの集落へ《転移石》を使って送るか……？　いや、《転移石》もまだ数は十分ではない。そうもったいないことはできんか」

軽く顎に手をやり再び考える時間を取る。十数秒後――。

「まあ、魔界での実験はここらで終えておくか。あちらで蒔いた種も今頃芽を出しているだろうし、しばらくして確認しに来ればよいか」

そう言いながらチラリとある場所に視線を送る。

そこには竹に囲まれた丘陵地帯があった。

「グ……ガァ……ッ……い……痛……いィ……ッ」

「ほう、まだ僅かに元の人格が残されていたか。やはり不完全ということだな。ふむ……成果を見せてくれた礼だ。その痛みから解放してやろう」

そう言いながら男が懐から取り出したのは瓶。その中には赤い石が不気味に光っている。それを取り出すと、俯せに倒れている〝狂気の獣人〟の顎を持ち上げ、口の中にそのまま投げ込んだ。すると――。

「――――ッ!?」

声にならない声を出しながら悶え苦しみ始めた。どす黒いオーラが体中から溢れ出し、限界まで目も口も開く。

そしてその視線が、〝狂気の獣人〟を運んできた鳥型モンスターへと注がれ――。

「――ギアァァァァァァァッ!?」

まるで飢餓状態だった獣が、獲物を貪り食うかのように、彼はモンスターを食べ始めた。

そのお蔭なのか、重症に見えた傷も回復し、また切断されていたはずの腕から新たな腕が生え代わり、身体も益々大きくなり、胸にあった赤い石もさらに大きさを増した。

「それで痛みも何も感じなくなったはずだ。感謝するがいい。……後は好きに暴れろ。もう獣人でもモンスターでもなくなった、哀れな人形よ」

〝狂気の獣人〟は背中から生まれた翼で、空に飛び上がり何かを察知したかのように飛び去って行った。行き先は、先程男が注目していた丘陵地帯だ。

「……さて、俺も戻るか。まだまだやるべきことは多い」

再度懐から取り出した、今度は青い石を握り潰した瞬間、男の姿はその場から消失した。

消える瞬間に風でフードが揺れ、確かに見えた男の右頬には、深く刻まれた十字の傷があった――。

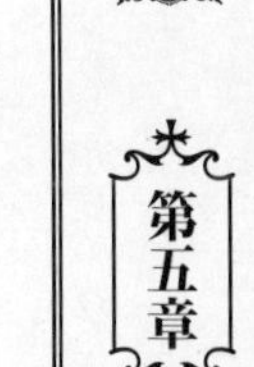

第五章 モンスターに育てられた子供

ザッザッザッと大地を駆ける足音が響く。

目的地を【バンブーヒル】に定めて『エルフィス族』の集落を出た丘村日色たち一行は、かなり足早に歩を進めていた。

のんびりしていると、〝狂気の獣人〟や、その獣人を操っているであろう黒幕が、さらに遠くへ逃げてしまう可能性があったからだ。

例のごとく、シウバ・プルーティスがリリィン・リ・レイシス・レッドローズと、シャモエ・アーニールをリヤカーに乗せて走り、日色はミカヅキの背に乗って急いでいる。

「しかしあの獣人、かなりの深手だったはずだ。もうとっくに死んでしまっているのではないか？」

リヤカーに設置されてあるソファにドシッと腰を下ろしているリリィンが、周囲を見回しながら言葉を口にした
「それに【バンブーヒル】は身を隠すには最適だと長は言ってたが、そこに例の黒幕がい

ると は限らんしな」

「おい赤ロリ、お前がそこに行くと言ったんだろうが」

「しかしな、そもそも方向がズレてしまっている場合も考えられる」

「……それはないだろう」

「む？　どういうことだ？」

「……見ろ」

日色は指先に魔力を宿すと、サササッと動かし空中に青い軌跡を生む。

浮かび上がった文字は——『探』。

文字を発動させると矢印に変化し、目的のある場所を示してくれる。

「黒幕は知らんが、〝狂気の獣人〟は間違いなく進んでる方角にいる」

「ほう、便利な奴だ」

「ノフォフォフォフォフォ！　さすがはヒイロ様ですな！　これで迷わずに進めるというものです！」

シウバが褒めると同時に、同じくリヤカーに乗っているシャモエがコクコクと、賛同するように頷きを見せている。

「それにお前らが行かなくても、もうアイツにケジメをつけさせるって決めたんだ。よくもオレの本を台無しにしてくれた。礼は必ず返してやる」

　実際に本を消失させたのはシウバだが、きっかけを作ったのは〝狂気の獣人〟なのだ。

「……たかが本で何をそこまでムキになってるんだか」

「た、たかが……だと？」

　ギロリと目を剝き、日色はリリィンを睨みつける。シャモエがその迫力に「ひっ⁉」と小さく悲鳴を上げた。

「いいか、赤ロリ。オレにとって本は人生において欠かせないものだ。本がない人生なんて、何の面白味もないだろうが！」

「い、いや、そこまで……か？」

「当然だ！　例を挙げれば変態さを取っ払ったジイサンみたいなもんだぞ！」

「ノフォ？」

「……それは良いことなのではないか？」

「…………それもそうだな。たとえが間違っていた」

「それにそんな現象は永遠にやってこないだろう。この変態のことだぞ？」

「そうだな。オレも何を血迷ったたとえを出してしまったのか。この変態のことなのに」

「手厳しい！　これは手厳しいですぞお二人とも！　ノフォフォフォフォ！」

シウバから変態さが消えれば、確かにより平和な旅ができそうだ。しかしまあ、そんなことは未来永劫ありえないだろう。

「と、とにかくそうだな……、お前にとってドジメイドやジイサンがいないのと同じくらいだ！　どうだ、弄る相手がいないのではお前もつまらないだろ！」

「むぅ……確かにそうだな」

「お、お嬢様……そんなにもわたくしのことを想って……」

「シウバはどうでもいいが、シャモエがいなくなったら、誰がワタシの世話をするというのだ」

「ノフォフォフォフォフォ！　眼中なぁぁぁぁし！　ノフォフォフォフォ…………ノフォ」

ガックリと落ち込み、リヤカーを引く力も明らかに弱まったシウバ。

同情はしない。むしろそのままずっと大人しくしていてほしい。

「貴様の言い分は分かった。ワタシも放置はできないし、それに【バンブーヒル】というところも一度くらいは見ておこうと思っていたからちょうどいい」

「そんなに興味を持つような場所なのか？」

「フン、貴様にも朗報だ。【バンブーヒル】には、ある貴重食材がある場所として美食家たちの中で話題に上っている。それを食べてみるのも一興だと思ってな」

「何だと⁉　それをもっと早く言え！」

　結構美食家であるリリィンが楽しみにするほどの食材。それに彼女だけでなく、他の美食家にも人気だとは、ついつい食指が反応してしまう。それは是非とも味わわなくてはならない。

　日色はライドピークのミカヅキの首をポンと叩いて、「急ぐぞ」と言うと、ミカヅキも「クイ～ッ！」と反応を返してさらに速度を上げる。

　結構速いのだが、この速度にシウバはリヤカーを引きながらついてくる上、少しも疲れる素振りすら見せないので驚愕するが、シウバだからという理由で深く考えないようにした。

（……そういや、例の小さい奴もコッチの方角に逃げて行ったっけか）

　思い出すのはシャモエとミカヅキと一緒に『エルフィス族』の畑に行った時に、畑泥棒として現れた小さな存在。その者も今、日色たちが歩いている方角へ逃げ去って行った。畑泥棒の黒目が印象的で、少しも記憶から薄れない。

（確かここらへんは、その【バンブーヒル】しかないとか長が言ってたが、まさかな……）

　しばらく進んでいると、遠目にだが高い丘が見えてきて、その上には竹藪らしき光景が映った。

再度『探』の文字を使ってみるが、やはりあの竹藪を指していた。

「どうやらあそこが目的地――【バンブーヒル】のようだな」

それに〝狂気の獣人〟が潜んでいるであろう場所でもある。


見る限り大小長短様々な竹がそこかしこに生えていた。長いものではその先が見えないほど空に伸びているし、大きいものはその太さが日色の体幹と同じ大きさのものまであった。

これほどの太さを持つ竹は見たことがない。切ったら中から人が出てきても不思議ではないのではなかろうか。そういう物語を過去に読んだことがあったのを日色は思い出す。

しばらくそんな摩訶不思議な竹藪を見ながら歩を進めていると、空から翼をはためかす音が聞こえてきた。

「――何だ？」

空を見上げると、そこには翼を持ったモンスターがいた。鳥のようなモンスターかとも思ったが、手足がスラッと長く、まるで人に翼が生えているような存在だった。

肌は赤黒く、大きな口から覗く黒い牙はとても印象的だ。ゴブリンのような戦闘本能丸出しの表情を見て、友好関係を結べるような相手ではないことを悟る。

（コイツの身体の色――っ！　いや、だが赤い石は見当たらない？）

身体の色は、集落を襲ったモンスターたちと同じだった。見た目の醜悪さも、だ。

しかし例の赤い石がどこにも見当たらない。

（普通のモンスター……なのか？）

ここに生息するモンスターなのかもしれない。

そのモンスターが日色の近くへと降り立つ。当然、日色たちは警戒度を高める……が、突然耳をつんざくほどの叫び声をモンスターが響かせる。

「!?　……ちっ、うるさい奴め」

日色はあまりの金切り声に顔を歪ませる。リリィンもまた不愉快げに眉を寄せている。

「シウバ、このモンスターは何だ？　初めて見るぞ」

リリィンが日色も聞きたかったことをシウバに問う。しかしシウバは分からないのか頭を横に振ると、

「いいえ、わたくしも長年生きてきましたが初めて見るモンスターでございます」

「ふぇぇぇぇぇっ！　こ、こここ怖いですぅ！」

シャモエだけでなく、いつの間にかミカヅキも日色の背中に回ってビクビクしていた。

「おい赤ロリ、〝狂気の獣人〟に似ているような気もするが、関わりはゼロだと思うか？」

「さあな、ただ関わっていたモンスターは、全員赤い石が備わっていた。それがないというのであれば、コイツはここに生息するモンスターの可能性が高いだろう。不気味なほど似てはいるがな。いや、しかし……」

やはりリリィンもまだ、〝狂気の獣人〟との関係性を疑っているのだろう。

するとモンスターがブルルッと身体を震わせると、ジリッと間を詰めて来ようとする。

（来るか……？）

日色も警戒を強めて《刺刀・ツラヌキ》を抜こうと柄に手をかける。しかしモンスターは何を思ったのか、ガブリと長い牙で太い竹に噛みついたのだ。

一体何をしているのだと思いジッと見守っていると、モンスターが噛んでいる部分から徐々に竹の色が真っ黒に変色していく。

（何だ……何をしてる？）

モンスターの行動に意味を見出せず固まっていると、突如としてそのモンスターは弾かれたように吹き飛んで転がった。

「っ!?」

吹き飛んだモンスターよりも、そのモンスターを吹き飛ばした存在に、日色たちの意識が向く。

「……ガキと……熊？」

そこには小型の熊のような生物と、その熊の背に乗った一人の子供がいた。

その子供が熊を踏み台にして跳び上がると、吹き飛ばされて、いまだに地面に転がっているモンスターに向かって蹴りを食らわせる。

（!?……あのガキ、強いな）

子供にしては、だが。自分の数倍はあろうモンスターを一撃で吹き飛ばすのは並大抵のことではない。

モンスターは呻き声を上げながら、子供の蹴りを受け、さらに吹き飛んでいく。

（しかしこんなところに子供……？）

日色の目に映っているのは十歳くらいの子供。薄いピンク――珊瑚色のボサボサ頭をしている。手入れなどまるでしていないような髪型だ。

特徴としてピョコンと虫の触角のようにアホ毛が二本突き出ている。見た目からは男か女かは分からないが、可愛らしい顔立ちをしていた。

毛皮のようなもので身体を覆っており、その様相はまるでどこか辺境の狩猟民族を思わせるものだった。

（アマゾンとかでツタを持ちながら移動していそうな存在を連想させられたぞ。けど……）

何故だろうか、その子供を見ると、ふと懐かしい感覚を覚える。

（施設の奴らの中に似たような奴がいたからかな……？）

日色が両親を亡くしてからずっと世話になっていた児童養護施設。そこにはたくさんの子供たちがいて、年長の日色がよく世話を任されていた。

この子供も、日色の存在にふと目をやると、ジッと日色の顔を見つめ出した。

（……っ⁉　黒い目……だと！）

それはまさに少し前に見た瞳と同じだった。直感的にだが、あの畑泥棒と子供が同一人物だと理解してしまう。

ただ子供の方は日色のことに気づいていないようだが。

（おいおい、何の因果だ？　ホントに会うなんてな……）

穴が開きそうな子供の視線を受けつつも、日色は少し離れたところで動かずにいる子供に注目していたが、その傍にいる熊にも視線を向けた。

大きさは子供の三倍ほどだろうか。大人の熊だとしたら、少し小さめの熊である。

「アレは――バンブーベアだな」

リリィンが熊のようなモンスターを見つめながら言う。

「ほう、名前から察するに、この地域だけに生息するモンスターか？」

「ああ、バンブーベアは数も少なく、大人しいモンスターのはずだが……」

身体の色が白と黄緑色で、黄緑の部分が竹のような模様をしている変わった熊だ。その熊が子供を引き連れて、突如として現れた翼（つばさ）の生えたモンスターに、敵意を向けている。

子供が日色から視線を切り、再びモンスターに追い打ちをかけようとしたら、モンスターは堪（たま）らずその場から飛び上がって逃（に）げていった。

子供とバンブーベアが、獣のように吠（ほ）えながら逃げていくモンスターを黙（だま）って見つめている。

「おい赤ロリ、ここに集落はあるのか？」

「いや、なかったはずだ。長（おさ）にも確かめたところ、ここにはバンブーベアしか生息していないと言っていたが……」

「じゃあ、あのガキは何だ？　まさかモンスターに育てられた子供とか言わないよな？」

子供を指差して日色が尋（たず）ねる。

「そんなわけが……いや、しかし」

リリィンがキョロキョロと周囲を見回す。きっと人の気配があるかどうか探（さぐ）っているのだろう。

他(ほか)にも一緒にここに住んでいる人がいて、その人物が子供を育てているということも可能性としてある。いや、その可能性の方が高いだろう。

(ガキに小さな熊……か。それに何といってもあの黒い目)

畑に現れた子供を助けにきたのも、ちょうどバンブーベアのような大きさの存在だった。

(……そいつらは確か、こっちの方角に逃げて行ったはず。それにアイツらが集落にやってきた時に身につけていたもの。ここにある笹(ささ)で作ったもの……か？　もう間違(まちが)いないと思うが、一応確かめてみるか)

日色が足音を立てながら子供に近づこうとすると、左側から物凄(ものすご)い勢いでバンブーベアが突進(とっしん)してきた。

「――っ!?」

思わずその場から後方へ跳んで距離(きょり)を取った。

バンブーベアからは明らかな敵意が出ている。

「なるほどな。どうやら歓迎(かんげい)はされてないみたいだが、オレはお前に聞きたいことがあるだけだ」

子供を指差すが、バンブーベアは少しも警戒を緩(ゆる)めない。子供は少し不思議そうにコクンと首を傾(かし)げて口を尖(とが)らせた。

しかしこのままでは解答を得られないと思った日色は、腰から刀を鞘ごと抜くと、地面に突き刺す。

「こっちに敵意はない。ただ話を聞きたいだけだ」

ジッと子供ではなく、敵意を向けてきているバンブーベアの瞳を見つめる。刀を突き刺したのは、言葉にした通り敵意がないということを示すためだ。

しばらくそうしていると、突然子供の方が、二本のアホ毛を揺らしながらトコトコと近づいてきた。日色の近くまで来た子供は、その純朴な瞳で確かめるように見つめてくる。

日色もまたその瞳をただジッと見返していると、

「ンガ！　ンガンガ！」

子供がバンブーベアに振り返って声を上げた。するとバンブーベアから敵意が少しだけ薄まっていく。どうやら日色が嘘を言っていないことを分かってくれたようだ。

「話を聞いてくれるんだな。それじゃお前、ここにいる人物はお前だけか？」

「……ガ？」

意味が分からないのか、日色は念のためにもう一度同じことを尋ねる。

しかし子供はまたも首を傾げるだけ。

「言葉が通じないのか？　これはマジでモンスターに育てられたって線が濃いんだが……」

そう呟きながらリリィンの顔を見ると、彼女もまた虚を衝かれたような顔をしている。

恐らく同じ答えに辿り着いているのだろう。

「言葉が分からない。もしくは意味自体を呑み込めない。つまりお前は、このモンスターに育てられたってわけか？」

すると突然、子供が日色の手を取り、引っ張る。どうやらついて来いということらしい。

何か見せたいものでもあるのかと思い、日色はそのまま子供に引き連れられ歩いて行く。

ただずっと、バンブーベアだけは殺意にも似た敵意を日色たちに向けていた。


奥へと進むにつれ、奇妙な光景が広がっていた。それは周囲の竹が、それまで視界を埋め尽くしていた緑の群れではなく、真っ黒なものに変化を遂げているのだ。

（黒い竹……？）

物珍しくて、つい観察するように見つめていると、前方に大きな岩を発見する。岩には穴が開いて窟のようになっており、よく見るとその中に何か蠢く大きな塊が見えた。

「どうやらあそこにいるのは、バンブーベアの親のようだな」

リリィンが言うと、それを示すかのようにバンブーベアが、その大きな塊に近づき頬を擦り合わせた。そして子供もまた、日色から手を離すとバンブーベアと同じことをする。

周囲には他に気配はない。もちろんそこに人の存在も皆無。

日色は三つの存在を見つめながら、

「ホントにモンスターに育てられていたのか……？」

「そのようだが……信じられんな。しかしこの状況、認めざるを得まい」

リリィンが溜め息混じりにそう言うと、小さく肩を竦めた。

モンスターの特徴として、基本的に知性が低く、同種族同士でしか交配はせず、人には懐きにくいということが挙げられる。無論例外はある。人とともに生活しているモンスターも存在するし、中には人語を理解するものだっているのだ。

だがどんなモンスターでも、人を育てるほどの知識などは持ち合わせてはいないとされているらしい。モンスターは自分と違った存在をまず警戒する。まして言葉を発する人を傍に置いて、あまつさえ子供のように育てることなどありえないとリリィンが言った。

（しかし現実的にそれが起こってる。日本にいた時も、狼に育てられた子供とか、猿に育てられた子供なんていう物語を読んだことがあったが、実在していることに驚きだ）

ここが日色にとって異世界ではあるものの、やはりこういう光景を見てしまうと俄かには信じられない思いを抱えてしまう。

「野生モンスターとの共存……か。人にとってモンスターも異端には違いはない。しかし世界にはこういう繋がりもあるということだな」

「？　……赤ロリ？」

突然感慨深そうな感じで言葉を口にするリリィンに気を向ける日色。

「おお～よろしゅうございましたぁ！　これはお嬢様にとっての希望の光になることですぞ！　このシウバ、嬉しゅうございます！」

「シャ、シャモエもですぅ～っ！」

何故かシウバとシャモエが嬉々として涙を流している。

「フン、そんなに喜ぶでないわ。まだまだこれは稀な部類なのだからな！」

「それでもでございます！」

「そうですぅ～！」

何やら三人にしか分からない世界を広げているみたいだが、話を進めたいと思っている日色は、三人を本題に戻すために話を続けることに。

「しかしこの黒い竹は何だ？　そういう環境なのか？」

「いいえ、ここの竹はすべて緑色のはずでございます」

問いにはシウバが答えた。

「ならこれは何だ？　異常事態が起こってることは分かるが」

「ふむ、そうですなぁ。ヒイロ様、先程のモンスターのことを覚えてらっしゃいますか？」

「ああ、もちろんだろ」

「そのモンスターが竹に噛みついた時、このような闇色に染まりましたな？」

　確かに先程のモンスターが黒い牙で竹を噛んだ時、その部分から黒が広がっていた。

「そう言えばそうだったな。ならこれも……か？」

　周囲は黒い竹で満たされている。あのモンスターの仕業なら、何のためにこんなことをしているのか……。

　下に落ちている笹の葉も見事に真っ黒だ。少し小さ目の竹から笹の葉を千切り取り、それをジッと見つめてみるが、色が変わっているだけで普通の笹の葉と何ら変わりがないように思える。

　すると子供が突然顔を強張らせて日色に近づくと、笹を持っていた右手を払ってきた。

「なっ⁉」

　何故そんなことをしたのか分からず困惑気味に子供を見つめると、手を叩かれたことによって日色が落とした笹を子供が指を差す。

　自然とその笹に皆の視線が向く。驚くことに笹がウネウネと動き出し、形を変え始める。

数秒後――どこかで見たような姿に変化した。

「ギィッ！」

その姿は、先程のモンスターがまるで縮小したかのような存在だった。子供はその小さなモンスターに向かって飛び出すが、動きが速くて逃げられてしまう。

さらにあろうことかモンスターは日色に向かってきた。子供は「しまった！」的な感じで焦りを浮かべるが――――ブシュッ！

「ったく、いきなりだったな」

突然そのモンスターの身体は真っ二つになった。チャキン――と日色は刀を鞘に収める。

モンスターを寸断したのは日色だ。モンスターはそのまま全身をボロボロに灰化して消えた。

「一体何だったんだ？」

思わず反撃してしまったが、こうなった現象の意味を摑めずに日色は思案する。しかしそんな日色を、憧れに似た眼差しで子供が見つめていた。子供はかなりの勢いで日色に詰め寄って来ると、

「ンガンガ！　ンガ！」

服を摑みながら叫んでいるのだが、何を言いたいのかさっぱり分からない。

「……もしかして貴様の手際に感動しているのではないのか？」

「そのようですな、ヒイロ様の強さを肌で感じて、『わ〜すご〜い』状態なのではないでしょうか？」

リリィンとシウバがそう言うので、日色は「そうなのか？」と聞いてみると、コクコクと嬉しそうに頷く。先程は意志疎通ができなかったが、単純な言葉の意味なら何となく把握できるのかもしれない。

「しかしこの竹は一体……？　それにあのモンスターのことも気にはなるな」

そう呟くリリィンの疑問は尤もであり、日色も気になっていた。しかし聞こうにも言葉を話せない子供とモンスターしかいないのではどうしようもない。

（ん？　待てよ。なら……）

日色は指先に魔力を宿すと……。

『翻訳』

この文字ならモンスターと意志疎通が図れるのではと思い使ってみた。しかしその時、子供の服を突然引っ張って転ばせた存在があった。

それは小さなバンブーベアだった。一体何を、と思ったが、『翻訳』のお蔭で頭の中で彼らの会話が聞こえてきた。

〝いつまでそいつらと仲良くしてるんだ！　そいつらは人だぞ！〟

バンブーベアが子供に向かってそう言っている。すると子供も怒りを表情に宿すと、

〝ボクも人だもん！　それに母さんが教えてくれたよっ、人の中にも良い人はいるって！この人は強くて良い人だ！〟

〝そんなこと分かるもんか！　あのモンスターだって元々は人に造られたんだぞ！　あんなことをする人なんてもんを信じられるもんか！〟

その言葉を聞いて日色は目を細める。

（あのモンスターを人が造った……だと？）

日色は黙って話の続きに耳を傾ける。

バンブーベアが眉をひそめて唸るように言う。

〝きっとコイツらも今は大人しくしてるかもしれないけど、すぐに本性を出すさ！　だって人は母さんをこんなにした奴らだぞ！〟

〝じゃ、じゃあボクも信じられないっていうの！〟

〝う……そ、それは……お、お前はそいつらとは違う！　人みたいな形だけど、俺と一緒のモンスターだ！〟

〝で、でもボクは人だって母さんにも言われたよ！　イッキだって前にそれでもいいって

――〝お前はモンスターだぁっ！　だからそいつらもさっさと追い払え！　こんなとこにまで連れてきやがって！　さっきのモンスターもそいつらのせいじゃないか！〟

さっきのモンスターとは、日色が触った笹のことを言っているのだろう。

子供はブンブンブンブンと大きく頭を振って、

〝違うよ！　きっとこの人たちは何も知らないんだって！〟

〝そんなこと何で分かるんだ！〟

〝だって……だって……〟

子供がジッと日色の目を見つめてくる。そして再びバンブーベアに視線を戻した。

〝嘘をついてないもん、この人は！〟

〝そ、そんなもん、根拠なんてねえじゃんか！〟

〝……でも、何だかこの人は……安心できる人のような気がするんだ〟

〝何だよそれ……。初めて会ったはずだろ！〟

〝そう、だけど……でも何だか……ここがすっごくあったかくて落ち着くんだもん〟

子供が自分の胸にそっと手をやる。

〝くっ……こ、この……ニッキのバカ野郎ぉっ！〟

ドスッと子供に体当たりして、バンブーベアはどこかへ走り去って行った。

（ニッキ……それがあのガキの名前か？）

冷静に日色は子供の名前を知る。

〝もう！　イッキの分からず屋ぁっ！〟

転びながらもニッキは、去って行くバンブーベアの名前を呼んでいた。


イッキという名のバンブーベアが走り去ってから、ニッキは頬を膨らませたままで不貞腐れていた。いくらモンスターに育てられていたとしても、こういうところは普通の子供のようだ。

日色もニッキに黒い竹のことを聞きたかったが、今話すのは止めた方が良いと判断して黙っていると、

〝――――もし〟

日色の耳に微かに響く声。その声は初めて聞く声であり、他に誰かいるのかと思い見回すと――

〝もし、そこの赤ローブのお方〟

日色はその声が、目の前の大きなバンブーベアから聞こえてくるのを感じた。

「……！　もしかしてお前か？　今話しかけたのは」

「ん？　突然何を言っている、ヒイロ？」

急にバンブーベアに向かって話しかけた日色のことを不思議そうに見つめるリリィン。

〝はい、わたしです。やはり私どもの言葉が分かるのですね〟

「……どうして分かった？」

〝あなたが子供たちの会話を聞いて、反応をお顔に出していたのでもしかしてと思い、声をおかけしました〟

確かに二人の喧嘩の最中、気になるワードが出て反応をしてしまったのを覚えている。

それよりも、『翻訳』の文字効果のお蔭で、こうして会話も成り立つのは幸運だった。

「話しかけてきたということは、何か用でもあるのか？」

〝先程の、走り去った子供はイッキと言うのですが、数々の暴言すみませんでした〟

「別に気にしてない。それにアイツの言うことも理解はできるからな」

〝……お優しいのですね。ありがとうございます〟

「礼なんていい」

実際このバンブーベアたちに何があって、何故人を嫌っているのか知らないが、生きている以上、その者たちにはその者たちの事情が存在する。

イッキが人嫌いなら、それはそれでいい。別に好かれたいと思っているわけでもないし、暴言とも思っていない。

日色とバンブーベアがそうやって会話をしているのだが、リリィンたちには日色が普通に喋り、バンブーベアが「ガアガア」と鳴いているだけなので、とても不可思議な光景だろう。

「おいヒイロ、貴様もしかしてモンスターと会話できるのか？」

「まあな。今コイツと喋っているから少し黙っていろ」

「む……」

除け者にされたことで不機嫌面を浮かべるリリィン。

「何という言い草だ！　どうせ魔法を使っているのだろ！　ワタシにもそれを施せ！　できるのではないのか！」

無視して続けようとも思ったが、放置すれば喧しいので、仕方なく彼女たちにも『翻訳』の文字を使用してやった。

「なあデカグマ、この黒い竹について聞かせてくれ」

〝……何をお聞きになりたいのですか？〟

「お、おお……分かるぞ！　バンブーベアの言葉が！」

リリィンだけでなく、シウバたちも驚嘆したまま瞬きを忘れている。

「おい赤ロリ、それ以上うるさくするなら魔法を解除するぞ？」

「う……分かった分かった。静かにしていればいいのだろ」

日色は「さて」と仕切り直すと、

「さっき、空からやってきた赤黒い肌のモンスターと遭遇したが、この黒い竹が、そいつに関係していることは間違いないのか？」

〝……はい〟

「じゃあ、あのチビグマが言ってた、あのモンスターは人が造ったっていうのもホントか？」

〝……本当です。……一週間ほど前のことです〟

そうしてバンブーベアは語り出す。

少し前までは、ここも豊かな緑色を宿した竹が広がっていた。

しかしある日、黒衣を纏った人物が現れ、何をするでもなく、フラフラと【バンブーヒル】を歩き回っていたらしい。

ただの旅人だと思ったバンブーベアも、下手に接触はせずに子供たちと身を潜めて様子を見守っていたが、空からハイコンドルというモンスターがやって来た。

ハイコンドルはこの【バンブーヒル】に生えている竹が好物であり、いつも食べにくるので、バンブーベアたちも別段いつも通りだったという。

しかし突然、ハイコンドルのけたたましい鳴き声が轟く。

〝一体何事かと思い現場に駆けつけると、そこには黒衣の人物とハイコンドルがいました。どうやら黒衣の人物は、ハイコンドルを瀕死状態に追い込んでいたようです〟

ハイコンドルの身体は血塗れだったらしい。

恐らくは黒衣に襲い掛かって返り討ちにされたということだろう。

（それにしても……黒衣？）

思い出すは、十年前――【ラオーブ砂漠】に現れた黒衣の人物のこと。

〝その黒衣の人物が、赤い石のようなものを懐から取り出し、それをハイコンドルの口の中に投げ込んだのです〟

するとまた凄まじい鳴き声を上げたハイコンドルが、徐々に身体の色が赤黒くなり、形態も変化させていき、胸の中心に赤い石がハッキリと確認できるように出現したという。

（ちょっと待て、赤い石……だと？）

その話を聞いて、やはり赤い石が関係していることが分かった。

（いや、しかしさっき会った奴の身体には赤い石なんてなかったはずだ）

胸の中心に赤い石はなかった。どういうことだと日色は首を傾げてしまう。

疑問は浮かぶが、バンブーベアの話は続く。

ハイコンドルの顔がゴブリンのように醜悪になり、口からは長く黒い牙も生えていき、体躯も巨大化していく。

〝禍々しいオーラを感じました。さらにそのハイコンドルが、その牙で竹に噛みついたのです〟

すると竹は、噛みつかれた部分からまるで何かに侵食されるかのように黒ずんでいく。

〝このままでは【バンブーヒル】が破壊されるのではと危惧した私は、変わり果てたハイコンドルを倒そうとしました〟

また一緒についてきた黒衣の人物に、イッキとニッキが攻撃しようとしたが、黒衣が真っ黒な竹に触れると、驚いたことに竹は形を変え、醜悪化したハイコンドルと同じ形態に変化していったのだ。

そのハイコンドルがイッキを吹き飛ばし、ニッキに噛みつこうとするが、それを見たバンブーベアがニッキを庇って左腕に噛みつかれた。

するとバンブーベアの左腕が墨のように真っ黒になっていく。痛みに顔を歪めながらも、噛みついたハイコンドルを、頭から地面に叩きつけて絶命させると、ハイコンドルの身体が砂のように散り散りになっていった。

（そうか。コイツの身体が変に黒いのも、そういうことか）

日色はバンブーベアを観察しながら、小さいバンブーベアと身体の色が違う理由に解答を得た。

〝しかし、次にもう一体のハイコンドルと黒衣の人物を何とかしようと意識を向けましたが、そこにはすでにもう誰もいませんでした〟

「……逃げたってことか」

それから黒衣は現れることはなかったらしいが、ハイコンドルだけは定期的にこの場所へ来て、竹を黒く染めては食べるということを繰り返していた。

調べた結果、この黒い竹に触れてしまうと、身体に流れる魔力を奪われモンスター化することが分かったのだ。

それは笹の葉でも同様。ただ落ちている笹にはその効果がないようで、放置しておけば自然と土に還っていくらしい。気をつけなければならないのは、地面から生えている竹なのだ。

しかしモンスターであるバンブーベアが触れても何も起こらない。人であるニッキが触れた時だけ反応を返したのだという。

「つまり魔力を持つ人だけにしか反応しないってことか？」

〝詳しいことは分かりません。もしかしたらある一定の魔力を持つ存在にしか反応を示さないのかもしれません。ですが、人であるニッキ、そしてあなたに反応したということはそういうことなのかもしれません〟

だからこそ、日色が笹に触れた時、ニッキが必死な形相で手をはたいたのだ。結果は一足遅かったが。もし笹を千切らずそのまま竹の方にも触れていたら、小さなモンスターではなく、その竹に見合った体格のモンスターが出来上がっていただろう。

「……ん？　一つ聞きたいが、竹から変化したハイコンドルには、赤い石はないのか？」

〝はい。あくまでも赤い石を持っているのは本体だけのようです〟

つまり本体と複製を見分けることができるということだ。

（なるほどな。つまりさっきオレが会ったのは、レプリカってことか）

疑問だったが、それで合点がいった。

人という存在が何を企んでいるかは分からないが、自分たちの住処を脅かす人という存在に、イッキはただならぬ憎悪を抱いているのだという。

だからこそその日色たちに対するあの態度なのだろう。

「なるほどな。黒い竹については理解した。ならもう一つ……」

日色はチラリといつの間にかバンブーベアにもたれて眠ってしまっているニッキに視線を向けて、

「何故ここに子供がいる？　しかも見たところ、そいつは魔人じゃなく人間だろ？」

そう、ニッキは魔人や獣人の特徴を何一つ持っていなかった。少なくとも外見上は、だが。だから日色はニッキを人間だと推察した。

ここは魔界。人間がいることも驚きなのに、それが子供だということが尚更不思議なのだ。

〝………分からないのです〟

「分からない？　どういうことだ？」

〝十二年ほど前になるでしょうか。ある日、泣き声が聞こえて探してみれば、大きな竹の根元に、生まれたばかりに見えるこの子が……〟

「……誰かが捨てたってわけか」

日色は若干眉を下げ、不愉快さを感じて言葉を吐く。

（十二年前……オレが五歳の時だな。というか五歳しか離れてないのか、このチビッ子と

は）

　まさか十二歳だとは思えなかった。十二歳にしてはかなり小さい方だ。どう見ても十歳未満に見える。下手すれば幼稚園児だ。満足な場所で育てられているわけではないので、成長不良なのかもしれない。

〝誰が捨てたかは分かりません。もちろん赤ん坊だったこの子は何も知りませんでした。私はモンスターです。人の子供を育てることなどできないと思い、そのまま放置しようと思いました。もしかしたら親が思い直して迎えにくるかもしれないと、その場を去ろうとしました。ですが……わたしの顔を見て……笑ったのですよ〟

「…………」

〝その天使のような笑顔に心を摑まれた思いでした。目を離せず、気づけばまだ幼かったイッキも、彼女の顔を舐めていました〟

「……ん？　おい、まさかコイツは女か？」

〝当然ではないですか。こんなに可愛いのですから〟

　どうやら意外にもバンブーベアは親バカだったようだ。

〝それからはずっと一緒に暮らしてきました。この子も私を本当の親だと思い、そして私もまた、この子を私の子として育ててきたのです〟

正真正銘（しょうしんしょうめい）、モンスターに育てられた子供というわけだ。

〝しかしかなりやんちゃに育ってしまって、すぐに人里に行っては、食べ物を盗（ぬす）んでくるのです〟

「なるほどな。やはりコイツが『エルフィス族』の畑を襲っていた張本人だったってわけか」

日色だけでなく、リリィンたちもそれぞれに反応を示している。特に現場に居合わせたシャモエは、信じられないといった感じで、目をパチクリとさせながらニッキを見つめていた。

「まさかそのガキが、例の畑泥棒（どろぼう）だとはな……」

「お嬢様の仰（おっしゃ）る通り、何という巡（めぐ）り合わせでしょうなぁ」

「ふぇぇぇぇ……ビックリですぅ」

「クイィィ……」

日色パーティの面々は信じられないといった様子だ。

「まあ、証拠（しょうこ）としてアレもあるしな」

日色が指を差したのは、バンブーベアがいる窟（いわや）の中。その隅（すみ）に笹の葉で作ったローブが重ねられてあった。

「オレとそこのドジメイドは見た。アレを着た奴が、畑を襲っていたところを」

「ホントか、シャモエ？」

「は、はいです、お嬢様！　で、でもシャモエはそれどころじゃなくてあまり覚えていませんけどぉ……」

シャモエはその時、日色に抱きかかえられていたので、恥ずかしさで畑泥棒を詳しく観察することなどできなかったのだろう。

「恐らく姿を隠していたのは、人間だということを知られないためでしょうか。ここは魔界でございますし」

シウバの見解は的を射ているだろう。

「つまり奇しくも、ここには『エルフィス族』たちを悩ませていた二つの存在が集まっているということか」

リリィンは大げさに肩を竦める。しかし彼女の言う通り、獣人がここに潜伏しているとしたら、そうなるだろう。

〝何度も注意はしているのですが、私のために栄養のある食べ物をと、あの子たちが持ってくるのです〟

ニッキやイッキが畑を襲っていたのは、すべてはこのデカグマである母親を元気づけるためだったらしい。

〝そんなことばかりしていると、いずれ人に捕まってしまう恐れがあるからと、止めさせようとしていたのですが……〟

確かにニッキはともかくモンスターのイッキは殺されてしまう可能性は高い。いや、ニッキも見た目が人間である以上、人間との戦争を繰り返している魔人からすれば憎い存在として殺される可能性もまたある。

だからこそ、二人を止めようとしていたのだろう。

〝しかしこの傷、というよりも症状は重く、少しでも無理をすれば、一気に進行してしまうのです。今は意識を集中させて、進行をできるだけ抑えているのです。何とかわたしの命が尽きる前に、二人を止め――〟

そうバンブーベアが言おうとした時、バッと急に起き上がったニッキが、

〝……あれ？　イッキは……？〟

〝まだ帰っていませんよ〟

〝お母さん……〟

ニッキが視線をバンブーベアから日色へと移すと、何故か日色の傍にやってきて、左手を取る。

「……何だ？」

〝一緒に行こ！〟

「はあ？」

〝迎えに行く！〟

「お、おいちょっと待て！」

と、制止の声をかけるものの、引っ張る力はかなりのもので、そのままイッキが走り去った方向へと連れて行かれる。

その場に取り残されるようになったリリィンたちは、唖然としたまま日色が去った先を見つめ続けていた。


「――おい、いい加減手を放せ」

手を引っ張っているニッキに後頭部を睨みつけながら言うが、彼女はブンブンと頭を振って拒否してくる。

(コイツ……はぁ、これだからガキってのは疲れる)

児童養護施設にいた時も、よく子供の面倒を見ていたが、強引だし自分勝手だし本当に疲れていたことを思い出す。

（でも何故か断れないんだよな……。はぁ、仕方ない）

自分は子供に弱いのだろうかと思わず疑問を浮かべてしまう。

（……そういやコイツ、こんなチビなのにかなり強かったな。……調べてみるか）

右手の人差し指に魔力を宿し『覗』という文字を書いて発動させる。すると日色の目前に、ニッキの《ステータス》が浮かんできた。

ニッキ

Lv	35		
HP	365／365		
MP	240／240		
EXP	70560	NEXT	2299
ATK	318（）	DEF	295（300）
AGI	350（355）	HIT	276（）
INT	105（）		

《戦技》――

《称号》？・？・？・捨て子・モンスターに育てられた者・好奇心の塊・モンスター殺し

（……ハテナ？）

気になったのは、称号の欄（らん）である。

レベルもそれなりに高いなとは思ったが、それよりも目を引くのは《？？？》というもの。

（バグ？　オレの《文字魔法（ワード・マジック）》の説明の欄も文字化けしてるし、それと同じ感じ、なのか？）

しかしいくら調べようとしても、これも《文字魔法（ワード・マジック）》の文字化けと一緒で、これ以上のことは分からずじまいだった。

（……まあいいか。気にするようなことでもないしな）

別に深く関（かか）わるわけでもないので、それ以上は追究しないでおく。

するとその時、ピタッとニッキが止まって、顔を振り向かせ日色を見上げてきた。

〝ねえねえ、聞いていい？〟

「……何だ？　つうか、とりあえず手を放せ」

〝……握（にぎ）ってちゃ……ダメ？〟

「別についていってやるから引っ張らなくてもいいって言ってる」

どうせついて行かなければうるさく駄々（だだ）をこねることは、経験から知っているので、仕方なく気が済むまでニッキの望み通りついて行くことは覚悟（かくご）している。

〝……ボクは、手をギュッってしてたい〟

「…………はぁ、分かった分かった」

本当にこういう純粋な目を向けてくる子供には弱い日色だった。

〝えへへ〜、えっとね、お名前なんてゆうの？〟

「……ヒイロだ」

〝おお〜ヒーローッ！　あのね、ボクはねニッキ！〟

「知ってる」

〝えへへ〜！　そっかぁ、知ってたんだぁ。えへへ！〟

何がそんなに嬉しいのか分からないが、子供が大人に理解できない笑いや喜びのツボを持っていることも知っているので、突っ込みはしない。

〝あのね、イッキとボクはね、すっごく仲良しなんだよ〟

「そうか。それは良かったな」

〝うん！　それでね！　ヒーローも仲良しになってほしいんだ！〟

「それはあっちが嫌がってるだろうが」

日色としても仲良くなる気はサラサラないが。

〝う〜ん、そうなんだねぇ。何とかなんないかなぁ〟

「さあな。奴の気持ちも分かるし、無理じゃないか？」

〝そんなぁ。ボクはみんなが仲良しってのが好きなのに……〟

「お前はバンブーベアたちのこと、大好きなんだな」

〝バンブーベア？　お母さんたちのこと？　うん！　と〜っても大好き！〟

ニカッと白い歯を見せて笑うニッキ。

〝ボクは人っていうやつらしいけど、それでもイッキやお母さんたちは、ボクのことを大事にしてくれてるもん〟

「家族ってことだな」

〝うん！　だからヒーローたちにもボクの家族をもっと知ってほしい！〟

「何でそこまで？　オレらは会ったばっかりだぞ」

〝ん〜なんでかなぁ。ヒーローには、ボクの大事なものを好きになってほしいって思ったんだよ！〟

ジッと彼女の目を見つめる。黒い瞳。日色と同じその瞳は、とても大きく穢れを何一つ持たない美しさを備えていた。

「……そういやお前、少し前に会ったことを憶えてるか？」

〝ほえ？　ん〜そうなの？〟

「ま、憶えてないなら別にいい」

どうやら畑で出会ったことを憶えているのは日色だけのようだ。ただ何となく、そう、何となくだが、ニッキと話していると懐かしさが込み上げてくる。

（まあ、施設にいた時に、こんな人懐っこいガキもいたしな）

だからこそ懐かしいと思うのかもしれないが。

〝あっ！　あそこにイッキがいるよ！　行こ！〟

ニッキが指を前方に差しながら速足になる。必然的に引っ張られる日色の足も速くなる。

（……懐かしい……か）

自分と同じ黒い瞳だということが、郷愁を感じさせただけなのかもしれない。

ニッキによって連れて来られた場所は、まだ黒い竹に埋め尽くされていない、純粋な竹で囲まれた場所だった。そこは岩が幾つもあり、その頂点にはイッキの姿がある。

イッキはニッキの存在に気づき、追いかけてくれたことが嬉しかったのか、彼女を見て笑みを浮かべるものの、すぐに日色の姿も見て不機嫌そうな面相に変わった。

（ずいぶん嫌われたものだな）

まあ、大事な母親や住処であるこの場所を傷つけられ、それが人が行ったものだとすれば、彼の態度も理解できるが。

〝ねえ、イッキ……〟

〝……来んなよ〟

〝けど……〟

〝お前は、そいつと仲良くしてりゃいいだろっ！　どうせ人なんだしっ！〟

〝そ、そんな……〟

イッキに突き放されて落ち込むニッキ。日色も取り付く島がなさそうだなと肩を竦める。

そこへ日色たちを追ってやってきたリリィンたちだが、イッキの叫びを聞いたらしく、若干眉を寂しげに歪めた。

「お嬢様……」

シウバが心配そうに呟くが、リリィンは小さな声で、

「やはり結局は小さなきっかけでも、異端同士は簡単に亀裂が走るのだな……」

と自嘲気味に話す。

日色は彼女のそんな呟きこそ聞こえていなかったが、イッキの言葉で悲しげに顔を俯かせるニッキを見て、思わず溜め息が出てしまい、

「──おい、お前」

何故自分でも声をかけたのか不思議ではあったが、ほとんど反射的に口が動いていた。

〝な、何だよ、人のくせに喋ってくんなよ！〟

「人のくせに……か。そこまで言うなら、人のことをすべて知った上で話してるんだよな？」

〝は、はあ？〟

「人は確かに悪いことや汚いこともするし、最終的に自分のことしか考えてない生き物だと思う。オレも自分が一番大切だしな」

〝だ、だったら——〟

「だが、それが人って生き物だし、だからこそ、お前とコイツもともに暮らせてきたんじゃないのか？」

〝……え？〟

「人は自分勝手だからこそ、コイツを捨てたんだろう。けど、そのお蔭でお前はコイツと出会えたし、今まで楽しく暮らせてきたんだろ？」

〝そ、それは……〟

言いよどむイッキに、日色は反論を待たずに続ける。

「お前が人を憎むのは分かる。お前の母親から大体の話は聞いたからな。だがな、人の中にも人でないものと分かり合おうと考えている奴らは絶対にいる」

日色はチラリと、視線を動かしてシャモエやミカヅキを視界に捉える。

「相手がモンスターであろうと、《禁忌》であろうと、そいつが良い奴なら話すこともできるし、一緒に過ごすことだってできる。そうだろ？」

〝う……〟

「何故ならお前らは、今までともに生きてきたんだからな」

〝っ⁉〟

イッキは目を見開き、悲しげに見上げているニッキを岩の上から見下ろす。

「人だからといって、すべてを一括りにするなんてガキ過ぎるぞ」

〝な、何だよぉ！〟

「そうやって反発するのもガキなんだよ」

〝ガキガキうるさい！　ガキの何が悪いってんだよ！〟

「ガキなら大人になるまで単純に生きてろ」

〝……た、単純に？〟

「そうだ。コイツのことを家族で好きだってんなら、そのまま好きでいればいいだろ。ケンカしても、意見が食い違っても、それは当然だ。けどな、一度家族って認めたんなら、最後まで信じ抜け。少なくともコイツは、お前のことを信じてるだろうが」

〝お、お前に言われなくても！　俺だってニッキのことを誰よりも信じてるし！〟

〝イッキ……！〟

日色はそのまま踵を返すと、イッキに背中を向けたまま、

「ならそれでいいだろ。単純に信じる。それだけでいいと、オレは思うぞ」

やれやれと、久々に語ったなと思いつつその場から離れる日色。自分でも何故ニッキたちのためになるようなことを無償でしてしまったのかは分からないが、不思議と気分は悪くなかった。

「……あ」

途中でリリィンたちが来ていることを知り、今のを聞かれたのかと思って妙な気恥ずかしさを覚えて顔を背けてしまう。リリィンもニヤついて日色を見ていたのでなおさらだった。

〝――ちょ、ちょっと待てよ！〟

背後からイッキの声がして、日色は振り向く。イッキはキョロキョロと視線を動かしながらも、

〝その……ニッキ……ごめんな〟

〝！　……ううん！　ありがとぉ、許してくれて！〟

満面の笑みを浮かべるニッキは太陽のように輝いている。日色の心もどことなくホッと

するものを感じた。

〝……そ、それと………わ、悪かったよ〟

その言葉は明らかに日色に向けられていた。

〝そ、それだけだ！　い、行くぞニッキッ！〟

〝あっ、待ってよぉ、イッキーッ！〟

イッキの後を追いかけようとするニッキだが、不意に立ち止まって日色の顔を見上げてくる。

〝えへへ～、ありがとぉ！〟

愛くるしい笑顔。つい抱きしめたくなるような衝動が起こってもおかしくはないだろう。恐らくシウバあたりなら、迷わず衝動に身を任せていたに違いない。

「気にするな」

〝うん！〟

ニッキはイッキの後を追って行った。

「……さて、オレらも戻るぞ」

「……………待て」

「あ？」

リリィンの脇を通り過ぎようとした時、彼女から声がかかった。

「……何だよ？」

「………貴様は、ホントに変わっている奴だな」

「はあ？　お前ケンカ売ってるのか？」

「ノフォフォフォフォフォ！　違いますよ、ヒイロ様！　お嬢様はヒイロ様に感謝をしぶふぅんっ！」

「き、貴様は黙っていろっ！」

「ふぇぇぇえっ!?　シウバ様ぁぁあっ!?」

どういうわけか、シウバの顎を蹴り上げて大人しくさせたリリィン。そして彼女がジッと日色の顔を上目遣いで見つめてくる。

「……何か言いたいことでもあるのか？」

「……別にない。ただ……」

「ただ、何だ？」

「…………若干勇気をもらえた感じは……した」

「ああ？　勇気が何だって？　言いたいことがあるならもっと声を張れよ」

「う、うるさい！　ほれ、さっさと戻るぞ下僕ども！」

顔を真っ赤にしながらズカズカと大股で歩き出すリリィンに、日色は思わず首を傾げてしまった。

「一体何なんだ……？」

しかし日色は気づいていなかったが、リリィンの口元は確かに緩んでいた。嬉しそうに。

ニッキたちが早足で向かった道をゆっくりと歩を進める日色たち。彼女たちの姿はもう見えないが、きっとバンブーベアがいる場所へ戻ったのだろう。

「ところで赤ロリ」

「む？　何だ、ヒイロ？」

「例のここにある美味しいものというのは何だ？」

「ああ、《筍》だ」

日色はピタリと足を止めて竹藪を見回しながら、その視線を地面へと向ける。

「なるほどな、《筍》か。それって地面に埋まってるのか？」

「……シウバ」

「畏まりました。僭越ながらわたくしめがご説明させて頂きます」

説明するのが面倒なのか、それとも詳しく知らないのか、リリィンがシウバに続きを託した。

「ヒイロ様が申されました通り、件の《筍》は地面に埋まっております。土の中で栄養を存分に蓄え大きく逞しく生長しているのでございます」

「ほう、それは是非とも食べてみたいな」

ついつい想像して涎が出てくる。

「だがまあ、ゆっくり食事ができればいいけどな。例の〝狂気の獣人〟もここにいるはずなのだろ？」

リリィンの言う通りだ。しかし【バンブーヒル】は思ったよりも規模が大きいし、竹も密集しているので、ここにいたとしてもまだ出くわしていない。

（ホントにここにいるのか疑いたくなってきたな）

だが魔法が示したということは、必ずいるはずではある。

すると不意にリリィンがピタリと足を止めた。

「……ん？　どうかしたか？」

「………………何かざわつきを感じる」

「はあ？　ざわつき？　それって一体――」

突然風が吹いて竹を軽くしならせ笹を揺らす。無意識に視線が上へ向くと、一瞬だが何か大きなものが上空を通り過ぎたところを見た。

「っ⁉　今のは何だ！」

「ヒイロも見たか。ワタシもチラッとしか見えなかったが恐らく……」

〝――待ちなさいっ、イッキッ！　ニッキッ！〟

突如切羽詰まったような声が轟いた。それはバンブーベアの叫び声で間違いない。

何事かと思い、日色たちが慌てて駆けつけると、遠目に走り去って行くイッキとニッキが確認できた。

「おい、一体どうした⁉」

現況を把握するために日色は問いかける。

〝実は――〟

しかし説明を待たずに、どこかから聞き覚えのある鳴き声が響いてきた。

「この声は――さっきのハイコンドルか⁉」

甲高く気味の悪い悲鳴に似た声。先程聞いたので、間違いないだろう。

〝今度こそ本体を倒すとニッキが向かい、それをイッキが追ってしまったのです。ですが……！〟

再び聞こえる鳴き声。ただし一つだけではなく、二つの声が重なっていた。つまり敵は二体いるということ。

（やはりさっき見た影はハイコンドルだったか！）

日色たちの頭上を通り過ぎた影の正体が明らかになる。

バンブーベアは顔を強張らせ、その巨軀を起き上がらせると、必死になって立ち上がった。苦痛に歪んでいるその顔からは、かなりの痛みを感じていることが伝わってくる。

右手……いや、右の前足から肩にかけて炭化したように真っ黒。その上、自由が利かないのか、右足が地面につけず上げたままだ。

〝巻き込まれないように、あなた方は逃げてください。……イッキとニッキの仲を取り持ってくださり、感謝致します〟

それだけを日色に言うと、器用に他の部分を動かしてニッキを追って行った。

残された日色たちは立ち尽くしたまま。

「……フン、慌ただしくなっているようだが、聞こえた鳴き声からすると敵は二体か。まあ、あのガキどもなら上手く対処するだろう。先程は見事な追っ払いを見せたしな」

リリィンは、ニッキの実力をある程度認めているようだ。

そのまま日色が次いで僅(わず)かに目を細めて口を開く。

「しかしまさか、〝狂気の獣人〟を追いかけてきたら、新たな赤い石事件に遭遇(そうぐう)するとはな」

「ヒイロの言う通りだ。ここへ奴(やつ)が逃げ込んだのも、決して無関係ではあるまい。どうやら全部繋(つな)がっているみたいだな」

「ではお嬢様、やはりここのどこかに黒衣の男――〝十字傷の男〟が？」

しかしシウバの言葉に答えたのは日色だ。

「黒衣がそいつだっていう確証はないが、可能性としては非常に高い。いや、ほぼ間違いないとオレも思うがな。だが、バンブーベアの言うことがホントなら、もうここには黒衣はいないらしいぞ」

「……しかし〝狂気の獣人〟がここへやって来たことと、例のハイコンドルとの繋がりは確実。〝狂気の獣人〟を探すためにも、ハイコンドルを追った方が良いのでは？」

シウバの見解にも一理ある。

（〝狂気の獣人〟がここに来たことは確かだ。なら黒衣も舞(ま)い戻ってる可能性もあるしな）

ならばシウバの言う通り、ニッキたちを追い、ハイコンドルのもとへ行けば何かしら情報が得られるかもしれない。

「ワタシの直感では、黒衣はもうここにはいないような気がする。ハイコンドルより、もう一度ヒイロの魔法で〝狂気の獣人〟を探した方が簡単なのではないか？」

確かにリリィンの提案が現実的かもしれない。

それにまだ〝狂気の獣人〟がここにいるのかも分からない。入れ違いで出て行った可能性だってある。『探』の文字でもう一度調査しておく必要があると思い魔法を使おうとすると、シウバが真剣な表情を浮かべながら、

「ヒイロ様、先程の《筍》についてなのですが？」

いきなり話題を百八十度変えたシウバに対し、「は？」となった日色だが……。

「ハイコンドルがもし、ここにある全ての竹を黒くさせたら……《筍》も——全滅では？」

「——っ!?」

脳天に衝撃が突き抜ける。

「そ、それを早く言えっ！」

日色はその場から風のように動き、バンブーベアの後を追った。

「…………シウバ、わざとヒイロを動かしたな？」

「ノフォフォフォフォ！　何のことでございましょうか？」

「……まあいい。行くぞ」

「畏まりました」

日色の後を皆(みな)は追っていった。

しかし日色たちは、辿(たど)り着(つ)いた場所で予想を覆(くつがえ)す光景を目にすることになる。

第六章
仇討ちと新たな仲間

ニッキとイッキは、種族こそ違うが兄妹同然に育った。

初めてイッキがニッキと出会ったのは十二年前。

バンブーベアが、ここ【バンブーヒル】で一人の赤子を見つけた時から奇妙な家族が生まれた。

〝今日からお前たちは、一緒に暮らすのですよ〟

生まれてまだ二年しか経っていなかったが、イッキは母親から言われたことを理解していた。

〝この子は——人。けれど、私の子供であり、お前の妹ですよ、イッキ〟

その子はニッキという名を授けられ、それからずっと一緒に暮らしてきた。

人とモンスター。

その違いはあれど、二人は仲良くすくすくと育つ。残念ながら父親のバンブーベアは、イッキが生まれた直後に亡くなっている。

だから親子三人で力を合わせて生きてきたのだ。

〝へへ～ん！　ボクの方が、かけっこじゃいっちばんだね！〟

〝バカ言うなニッキ！　俺はまだ隠された力があるんだよ！　それを今こそ解放してやるぜ！〟

〝そんなことしても、またボクの勝ちだよぉ～！〟

〝ふざけんな！　母ちゃん、スタートの合図くれよ！〟

〝フフフ、はいはい。それではいきますよ？〟

〝〝よ～し！〟〟

そんなふうにニッキは、楽しく毎日を暮らしていた。

ただ当然、ニッキも疑問を持たなかったわけではない。自分とは明らかに身体の形が違う母やイッキに対し、自分がバンブーベアでないことを察してはいたのだ。

ある日、やはり確かめたくて母親に聞いてみた。

〝……ねえ、ボクは……バンブーベアじゃないの？〟

〝…………ええ、そうよ。あなたは前に話して聞かせた、人という存在よ〟

衝撃はそれほどなかった。いや、確かにショックはショックだったが、予想もできていたため、いきなり心が砕かれるようなことはなかったのだ。

そこで母親から、自分が捨て子だということと、今後について話をされた。

〝……これから？〟

〝そう。あなたはモンスターではないの。もしあなたが望むなら……人として生きる道もまたあるのよ？〟

人として……。そう、ニッキは人なのだ。

本来モンスターに育てられる人というものは稀だろう。ニッキだけかもしれない。人は人と過ごすのが普通なのだから。

基本的にはモンスターというのは、人と相容れないものであり、狩る狩られる間柄というのがほとんど。

〝私の持っている知識だけでは、恐らく人の世界へと足を踏み入れることは難しい。けれど、その世界へ飛び込める可能性があるのもまた事実。だってあなたは……人なのだから〟

そんなことを言われても実感が湧かなかった。

自分の世界は、ここ【バンブーヒル】だけ。ここだけの常識が、ニッキの常識だった。

他の人という存在も見たことがない。本当に自分のような人というものが存在するのかどうかも知らなかったのだ。

だからニッキは、イッキとともにある場所へと向かった。

それは【バンブーヒル】から少し離れた場所にある『エルフィス族』という魔人が住む集落。

イッキは下手をすれば魔人に狩られてしまうから、あまり近づくなと言っていたが、ニッキは初めて遠目に見る人という姿に感動を覚えていた。

自分と同じ姿の存在が何十人もいて、一緒に生活をしている。田畑を耕し、モンスターを狩り、服や装飾品などを作ったりしていた。

それまで小さな世界しか知らなかったニッキにとっては衝撃的だった。

煌びやかで、眩しい世界。少なくともニッキは感動を覚えていたのだ。

ただやはりそれでも、あの中に入って生活したいとは思えなかった。

――――イッキたちと離れたくない。

それがニッキの答え。

確かに母親の言う通り、自分は人なのだろう。

しかしそれでも、人がいる場所が自分の居場所だとは限らない。

人である自分を拾って育ててくれた母親やイッキには感謝してもし尽くせない。だからこそ、自分の持てる限りの力で、最後までイッキたちとともに過ごし、いつか恩を返すと決めた。

そんな答えを見つけ出して数日後、ニッキと一緒に満天の星空を眺めていると、

〝――俺さ、実は怖かったんだ〟

〝……何で？〟

〝お前が人を見たいって言って、一緒に魔人の集落に行った時、本当はもう別れが近づいてるんじゃねえかって〟

〝イッキ……〟

〝母ちゃんも、覚悟だけはしとけって言ってた。ニッキは人なんだから、いずれは人の世界に返してやらねえといけねえって〟

そんなことを母親が言っていたことにニッキは驚いていた。

〝俺は……嫌だった。だってよ、ニッキは…………俺の妹なんだぜ？〟

〝……うん〟

〝家族はやっぱ、一緒がいい、最後まで。だから俺、お前がここでずっと一緒に暮らすって言ってくれたこと、すっげえ嬉しい〟

〝当然だよ！　だって、ボクはイッキの妹で、お母さんの子供だもん！〟

〝へへへ、だよな！　あ～あ、何か悩んでたのがバカらしいぜ～！〟

〝イッキもそんなふうに悩むことあるんだね。意外だなぁ〟

〝こらっ！　妹のくせに生意気言うな！〟

〝へへへ、ごめ～ん〟

ペロリと舌を出すニッキに対し、イッキは柔らかな表情を浮かべて空を見上げる。

〝――――ありがとな、ニッキ〟

〝え？〟

〝家族になってくれて嬉しかったぜ〟

〝そんな……ボクだって、イッキたちに拾われて良かった。だからずっと一緒だよ。これからもずっとずっと〟

〝ああ、これからもずっとだ――〟

これでいい。だって、ここが自分の居場所だから。

ニッキは自分の選択が間違っていないと確信していた。

しかしこの一年後に、黒衣の人物が【バンブーヒル】を訪れることになる。

※

「——なっ⁉　何だこの状況は⁉」

ニッキが向かって行った場所まで、丘村日色たちが辿り着いたのだが……。

身体を傷だらけにして倒れているイッキ。ニッキが彼に縋りついており、二人を守ろうとバンブーベアが立っている。周囲にいる……複数のハイコンドルの群れから。

さすがにこの数相手では、ハイコンドルをあっさり吹き飛ばしたニッキといえどイッキを守ることができなかったのだろう。

（だが何故こんなにもモンスターが？）

日色が聞いたのは、黒い竹に人が触れたらモンスター化するということ。ここにいるのは日色たちだけ。無論話を聞いた日色たちは触れていない。

そしてニッキも黒い竹を脅威に思っているのだから、触れてモンスター化させることはないだろう。

ということは日色たちが最初に会ったレプリカのハイコンドルと、そしてその本体の二体しかいないのではないか、と考えていた。遠くから聞こえた鳴き声からも二体だと思っていたのだが……。

今、バンブーベアの周りには十体以上ものモンスターがいる。

何故……？　そんな思いが交錯する中、日色の目に映ったのは奇妙な光景だった。

傍に生えている黒い竹が、まるで上部の方から溶けるように形を崩していき、グニャグニャとしたアメーバのような状態になると、そこからまた形と色を変化させ始めた。

（おいおい、まさか……っ⁉）

黒かった竹は、次第にこの場にいるハイコンドルと同じ姿となり空を飛び回り始めた。

「ふむ。どうやらあの竹は、放置していてもいずれはモンスター化するようだな」

彼女――リリィン・リ・レイシス・レッドローズの見解は正しいかもしれない。日色もまたそう考察している。つまり今、あちこちに生えている黒い竹は、いつか醜悪なハイコンドルのような姿に生まれ変わるのだ。

（そうか、人から奪う魔力なら急速にモンスター化を進められるが、大地からエネルギーを少しずつ吸収することでもモンスター化するということか）

つまり遅かれ早かれ、このまま放置しておけば、ここにある竹は全て消失してしまうということだ。この数では、その速度も尋常ではないだろう。

そう思った時、日色はここにある《筍》の命が危ういことを危惧して、

「そんなことは許可できない！」

鞘から刀を抜いて、近くにいるハイコンドルに一閃。寸断すると、砂のように粉化して

地に落ちていく。

（実力自体は大したことはない。〝狂気の獣人〟と比べれば力も速さもかなり劣ってる）

日色は、あちこちにいるハイコンドル群に目をやり観察し始める。

いくら雑魚敵を倒しても、元を絶たなければ意味がない。

すると緑色の竹に嚙みついて、さらに仲間を増やそうとしている一際大きいハイコンドルを発見する。

（……いた。赤い石を持つ奴！）

そいつが本体ということを認識した。

他のハイコンドルも同じように緑の竹に嚙みついているが、オリジナルと思われる奴が嚙みついた竹の方が、明らかに侵食速度が速い。

（とりあえずこの場にある黒い竹とあと、本体のアイツを倒せばいい。そうすればこれ以上、黒い竹が増えることはないはずだ！）

そう思い刀の柄を握りしめて大地を蹴り出す。

「はあぁぁぁぁぁあっ！」

しかし本体だからなのか、他の複製とは動きが違い、それなりに速い。日色が放った斬撃も、身体を即座に後ろへずらして避け、そのまま身体を戻しながら嚙みつこうとしてくる。

今度は日色が後方へ身体をずらして回避。

ギロッと日色の鋭い眼差しがモンスターの胸で脈打っている赤い石を捉える。

（弱点は――――）

「そこだぁぁぁぁぁっ！」

刀を突き出し、見事に赤い石を貫くことに成功した。

「ギァァァァァァァァァァッ⁉」

奇声を轟かせながら、大きな腕を振りまくる。それに当たらないように日色は再び後方へ跳ぶと、背後からレプリカが襲い掛かってきた。

「分かってんだよっ！」

振り向き様に刀を横薙ぎに振り、相手の身体を真っ二つにした。

見れば、他のモンスターたちは、シウバやリリィンが仕留めてくれているようだ。

赤い石を貫かれたモンスターは、苦しそうに口から涎を振り撒く。そして赤い石が砂のようにサラサラと崩れていき、モンスターはそのまま地面へと俯せに倒れ、同じように粉と化してしまった。

赤い石関連の生物は、死ねば灰化してしまうようだ。

「よし、これであとは残りのハイコンドルを――」

〝――いけませんっ！　上ですっ！〟

不意にバンブーベアから声が発せられ、反射的に上を確認したら、

「ガウァァァァァァァッ！」

明らかに見覚えのある存在が空から降ってきていた。それは――

「――〝狂気の獣人〟だとっ⁉」

落下予測地点は確実に日色。鋭い牙に爪、殺意とともに日色に向けられている。

〝狂気の獣人〟が今まさに虚を衝いて日色を攻撃しようとした時、バンブーベアがその巨体で跳び上がり、敵に向かって体当たりをして吹き飛ばした。

巨体の突進力に、さすがの〝狂気の獣人〟も堪らず吹き飛び、竹藪の中へ弾け飛んだが、バンブーベアも同時に地面に転倒してしまう。

「お、おい！」

〝……だ、大丈夫です。あ、あなたは？〟

「……ああ、助かったぞ」

別に守られなくても《設置文字》の『防御』を使うという手もあったが、バンブーベアのお蔭で温存することができた。

しかしそれよりも問題なのは……。

「やはりここにいたのか、〝狂気の獣人〟め」

「グルルルルルル……ッ」

しかし相手の姿に違和感を覚える。最初に会った時と、明らかに身体つきが違っていたのだ。

当初と比べて大きくなっている体躯。それにハイコンドルのように翼が生えている。

（どういうことだ？　姿が変わってることもそうだが、体中の傷もないし、失ったはずの左腕が……生えてるだと？）

顔立ちは確かに醜悪にはなっているが、獣人だった面影は残っているし、魔力や身体から滲み出ているオーラの感じは、〝狂気の獣人〟のそれと同じ。故に目の前にいるのが、探していたターゲットであることは間違いない。

やはりこの【バンブーヒル】に潜伏していたのだ。

（………どうやら例の〝十字傷の男〟っぽい奴はいないようだな）

周りを確認するが、それらしき人物は見当たらない。いるかもという予測をしていたが外れたようだ。

「……？　おい、アイツのことも知ってるのか？」

〝いいえ、初めて見ます。獣人かモンスターか、判別には苦しみますが〟

「だよな……」

まだ当初は獣人だとハッキリ分かる姿をしていた。しかし今は、まるでモンスターと合成したかのような姿。それはあの〝砂漠の魔物〟を彷彿とさせる。

ただバンブーベアが知らないというのなら、〝狂気の獣人〟がここへ来たのは初めての可能性が高い。

〝――イッキッ、ダメェッ！〟

突然ニッキの声が響き、それと同時に日色たちの脇を通り過ぎていく小さな物体。

〝ここから出て行け、バカヤロォォォォォッ！〟

〝止めなさいっ、イッキッ！〟

バンブーベアが叫ぶが、すでにイッキは〝狂気の獣人〟の懐へと突進していた。〝狂気の獣人〟から溢れ出す凄まじいオーラ。イッキとは格が違う相手だ。それは当然……。

〝――っ⁉　く、くそぉぉぉっ⁉　放せぇぇぇっ！〟

突撃したイッキだったが、〝狂気の獣人〟にあっさりと片手で受け止められ、そのまま地面に押し付けられてしまう。

ニッキがイッキを助けに向かい、蹴りや拳で吹き飛ばそうとするが、相手はビクともせずに平然としたまま。

〝イッキを放せぇぇぇぇっ！〟

何度も何度もイッキの解放を目指して行動を起こすニッキに対し、鬱陶(うっとう)しいと思ったのか、〝狂気の獣人〟は口を大きく開け、

「――ンガァッ⁉」

叫びながらニッキを長く太い尻尾(しっぽ)によって、いとも簡単に弾き飛ばした。

〝ぐっ……くそぅ……ニッキをよく……もぉっ！〟

〝狂気の獣人〟の手の下にいるイッキが力を振り絞(しぼ)って起き上がろうとすると、〝狂気の獣人〟もまた意識をイッキへと向けた。ギロリと鋭い敵の視線がイッキへと置かれた直後、

〝いけないいっ！　そこから逃(に)げなさいっ、イッキッ！〟

バンブーベアが〝狂気の獣人〟へと突進しながら叫ぶ……が、

「ガルァァアッ！」

敵の鋭い爪で、イッキの身体は貫かれてしまう。

〝あっがぁぁぁぁぁっ⁉〟

〝〝イッキィィィイッ⁉〟〟

ニッキとバンブーベアがイッキを助けようと突き進むが、〝狂気の獣人〟はイッキを爪

で貫いたまま空へと上がった。

しかしニッキの言葉は虚しく、獣人はさらに爪でイッキの身体を再度貫く。そこから爪を伝ってイッキの血が滴り落ちてくる。

〝返してぇっ！　イッキを返してよぉっ！〟

「――――調子に乗るなよ」

〝狂気の獣人〟はイッキに気を回し過ぎていたのか、日色の存在をすっかり忘れていたようだ。『飛翔』の文字で空を飛んだ日色は、音もなく敵の背後を突き、斬撃を繰り出した。

「ギアァァァァァァッ⁉」

「くっ⁉　硬いっ⁉」

全力で真っ二つにするつもりだったが、背中にあまり深くはない刀傷を作っただけだった。想像以上に防御力も上がっている。

（つの野郎！　コイツに一体何があったっ⁉）

姿形の変化、攻撃に対する防御の力が増している事実。この短期間で信じられない変わり様だ。今の一撃なら、少し前の〝狂気の獣人〟なら深手を負わせられたはず。

しかし相手の命には届いていない。

ただ日色の攻撃を受けたためか、〝狂気の獣人〟が日色を警戒し、イッキを振り落とし距離を取る。落下してくるイッキを、バンブーベアが受け止めた。

ニッキと一緒になってイッキの名前を呼び介抱している。泣き叫ぶニッキに、日色は意識を奪われてしまう。――それがいけなかった。

〝狂気の獣人〟が滑空し、今度はニッキに向けて爪を向けてくる。

「ガアァァァァァァァッ！」

驚くことにイッキがニッキを弾き飛ばし、そして代わりに――――ズシュッ！

〝……………イッキ……………？〟

〝……へへ……ったく……お前はどんくせえ妹……だなぁ……〟

バンブーベアが慌てて〝狂気の獣人〟を追い払うつもりで腕を振るうと、相手もその場から退く。再び空へと舞い戻ってくる。

爪に貫かれたイッキはそのまま地に倒れ、ニッキが真っ青な顔をしながら、駆け寄ることもできずに呆けてしまっていた。

「ギガガガガガガァァァァァァッ！」

狂ったように猛る〝狂気の獣人〟が、身体からどす黒いオーラを噴出させ始めた。それが黒い竹に触(ふ)れると吸収され、瞬(また)く間(ま)に竹が、獣人のレプリカへと姿を変えていく。

(ちっ！　触(さわ)ってないってのに⁉)

レプリカたちが次々と生まれ、日色やリリィンたちに向かって襲い掛かってくる。

リリィンたちも、ようやくハイコンドルのレプリカを倒したというのに、また新たなレプリカの出現の対応に追われてしまっていた。

日色は空を飛翔しながら刀で応戦していくが……。

(コイツら、さっきのレプリカたちと違って強いっ⁉)

それは恐(おそ)らくベースが、ただのモンスターではなく、〝狂気の獣人〟だったからだろう。

無論本体並みの強さは兼(か)ね備(そな)えておらず、良いところオリジナルの三割ほどの強さだとしても、この数は厄介(やっかい)この上ない。

(それでも赤ロリたちは大丈夫なはずだ。だが……)

眼下を見下ろすと、レプリカたちに苦戦しているバンブーベアが映る。元々本調子ではないバンブーベアでは、たとえレプリカ相手でも厳しいのだろう。さらにニッキたちを庇(かば)って戦っているというハンディもある。

「あぁぁぁぁぁぁぁぁぁぁぁあああああああっっっ！」

それまで呆然(ぼうぜん)としていたニッキだったが、突然イッキの身体に縋(すが)りついて泣き出した。

日色も自然と視線がニッキと、そしていまだに動かないイッキに向く。

イッキが倒れている地面に、夥しい血液が広がっていくのが分かった。バンブーベアも悲痛な叫び声を上げると、動く左手を激しく振り回しレプリカを弾き飛ばしている。

しかしいかんせんモンスターの数が多く、巨体は格好の的になっていて、体中をレプリカたちに嚙みつかれていた。嚙みつかれた部位からは血が噴き出ており、バンブーベアも痛々しい声で叫んでいる。

その叫び声を聞いても、ニッキはイッキの身体に顔を埋めて泣きじゃくっているだけだ。

（アイツ――っ！）

そんなニッキの姿を見て若干苛立ちを覚えた日色は、

「ジイサン、〝狂気の獣人〟の相手を頼む！」

「畏まりました！　お嬢様はシャモエ殿とミカヅキ殿を！」

シウバに助太刀を頼むと、彼は快く頷き、次いでリリィンにシャモエたちを任せた。リリィンも微かに顎を引く。了承という意味だ。

シウバは手の中から手品のように黒いナイフやフォークを出現させると、それを空に浮かんでいる〝狂気の獣人〟に投げつけ、意識を日色からシウバへと移行させる。

日色はその間隙を縫ってニッキのもとに向かう。そして倒れているイッキの身体にそっと触れるが……

（……もう死んでる、か）

感覚でイッキの死を感じ取った。しかしニッキは「ごめんなさい」、「起きてよ」、「ボクのせいで」とイッキの死を認められず、必死に声をかけている。

自分のせいで守りたい誰かを死なせてしまう。

（……それはしんどいだろうな）

先程まで言い合いをして、喧嘩別れになっていた二人。せっかく仲直りできたというのに、もう二度と言葉を交わすことができなくなった。それは辛過ぎる現実だと日色は思う。

しかし今は状況が状況だ。

日色は場の状況を把握できず、自分の育ての母親が傷ついていることにも気づかない彼女を冷ややかに見下ろすと、

「いつまで泣いてるつもりだ、チビッ子」

〝うっぐ……ひぐ………〟

「そうやって泣いてれば、誰かが許してくれると思ってるのか？」

〝ぐす……だ、だってぇ……イッキはボクをかばってぇ……〟

大好きな家族と、ほんの少しのすれ違いで喧嘩し、仲直りした直後に死に別れをしてし

まった。さらに自分のせいでその命が散った。

ニッキは恐らく、自分が本体を倒してやろうと思ってここに向かってこなければ、イッキもここに来ることはなかったし、自分を庇って死ぬこともなかったと思っているのだろう。

「……だがそれが現実だろ。お前は家族が救ってくれた命をムダにするつもりか？」

日色はそれが許せなかった。家族に庇ってもらい、その命を救ってもらった。ならその命を何よりも大切にするのが道理だ。

しかしニッキは周囲の敵に目もくれず、あまつさえいまだ庇ってくれている母親に気づかずに泣いているだけ。

このままでは母親ももちろん、ニッキだって殺されるだろう。そんなことになればイッキと母親の、家族としてニッキを救いたいという想(おも)いを裏切ることになる。

日色はバンブーベアの後ろ姿に、かつて自分を庇い守ってくれた自身の母親の姿を重ねていた。両親が事故で死んだ時、日色は母親のお蔭(かげ)で一命を取り留めることができたのだ。

だからこそ、今必死に子を守ろうとしているバンブーベアの姿に日色は心を打たれ、突(つ)き動かされている。

「救ってもらったのなら、何を犠牲(ぎせい)にしても生きろ。それが、そこにいるチビグマに報(むく)いる唯一のことだろうが！」

日色は正面から向かってきたレプリカを刀で斬り裂く。左横から飛んできた奴には、身を屈めてかわして拳で殴り弾き飛ばした。

「お前には、まだやれることがあるだろ？　このまま泣き続けて、そいつの後を追うのか、それともそいつの仇を討ちたいのか、やりたいのはどっちだ」

〝……ボクの……やりたい……こと……？〟

ニッキは俯いていた顔を上げて呟いている。

「泣くのはいつでもできるだろ。なら今、その目でもっと周りを見てみろ！」

〝ボクは………お、お母さんっ⁉〟

ようやくその場の状況を呑み込めてきたのか、ニッキはフラフラになりながらも立ち上がる。

〝あ、ありがとう……ございます〟

血を吐きながらも、今度はバンブーベアが優しげな瞳を潤ませて日色に言ってくる。

「何のことだ？」

〝フフフ、一つお願いがございます〟

「……何だ？」

〝その子たちを連れて離れていてください。できるだけの距離を取って、決して近づかないでください。……お願いします〟

「…………いいだろう」

何をするつもりなのか分からないが、強い覚悟が込められた瞳を見て、彼女の意志を尊重してやりたい衝動にかられた。

日色はニッキとイッキに触れると『転移』の文字を使い、少し離れているリリィンのもとへ移動する。咄嗟のことでニッキはキョトンとしていたが、日色は無視してシウバに向かって「こっちへ来い！」と叫ぶ。

「――どうかされましたでしょうか？」

即座に移動してきたシウバが、不思議そうな表情で聞いてきた。

「アイツが何かするらしくてな」

日色の視線の先にはバンブーベアがいる。もう満身創痍の彼女を見て、ニッキが叫びながら近づこうとするが、日色はそれを押さえていた。

すると周囲にいる獣人を含めレプリカたちが、これみよがしに全員でその巨体に牙を立て始める。

〝お母さんっ⁉〟

ニッキは必死に駆け寄ろうとするが、日色は彼女の手を放さない。

〝お願いだよ！　放してよぉ！〟

「いいからここで待ってろ！」

日色の怒鳴り声にビクッとなったニッキ。

そしてバンブーベアは、苦しそうに呻き声を上げるが、その時――確かに日色とニッキは聞いた。それは心の中に直接響いてくるような声だった。

〝……赤ローブの人、どうかニッキを……私の子をお願い致します。その子を、どうか人の世へ……〟

その言葉を聞いて、日色はまさかという強い不安を感じた。そして今度はニッキに対し、

〝強く生きなさい、ニッキ。この十二年間、とても楽しかったわ。私の子供になってくれて……ありがとう――――〟

刹那――バンブーベアの体内のエネルギーが極限までに圧縮されるのを感じた日色は、反射的に《設置文字》である『防御』を発動していた。

バンブーベアの身体が一瞬光ったと思ったら、凄まじい音とともに大爆発が起こる。ただしその爆発は、ほとんどが上向きのものだった。恐らく全方位だと日色たちも巻き込まれると考えたバンブーベアの配慮だろう。

さらに上空に飛んでいる他のレプリカたちをも巻き込むために違いない。爆炎と煙が上空五十メートルほどの高さまで上がっている。

しかしいくら全方位ではなかったとしても、バンブーベアを中心として半径二十メートルほどは巻き込まれていた。

その圏外にいる日色たちにも苛烈な爆風や破壊された地面の魂などが襲ってくるが、日色の生み出した魔力壁のお蔭でくい止められている。

ニッキは絶望に彩られたような顔のまま固まっていた。爆発により生まれた煙が次第に晴れていき、その威力を示すように大きなクレーターが出来上がっていた。

そこには何もなく、生も死も何もかも失われていた。ただ掘り起こされたような地面が顔を覗かせているだけだ。

「……生命力を凝縮させて魔力爆発に似た現象を引き起こすとはな……」

リリィンが言う魔力爆発とは、その名の通り、魔力を圧縮させて爆発現象を引き起こす力のことだ。その威力は込める魔力に比例するが、バンブーベアは、生命力そのものを圧縮させて爆発の威力を撥ね上げたのである。

まさに命を尽くした攻撃。

〝お……母さ……ん……？〟

防御壁を消した日色は、押さえていたニッキを解放する。するとニッキはよろよろと、信じられないという面持ちでクレーターの中心に向かっていく。

（自爆するとは思わなかったな……）

だからこその覚悟を込めた瞳だったということだ。

爆発の影響で、ここら一帯に生えていた黒い竹は根こそぎ消失していた。これも考えての自爆だったのかもしれない。

クレーターの中心で悲痛な叫び声を上げているニッキを日色たちは見守っているだけ。今は何も言えない。家族を全て失った彼女に……たった一人で残された彼女には、時間が必要だと判断した。

泣いている彼女の姿が、過去の自分と重なり思わず切なくなってしまう日色。

（……家族を失う気持ちは……誰にとっても苦しい……）

かつて経験した悲しみを思い起こし、ニッキに声をかけることができなくなっていたのだ。

するとそこへ、空から真っ黒な物体が落ちてきた。即座に警戒を強め、クレーターの中に落ちたその物体を日色は確認する。……どうやら〝狂気の獣人〟の死骸のようだ。

見事バンブーベアはイッキの仇を討ち、なおかつ愛する子供を守れたということだ。

——そう思われた瞬間、

「——まだ生きているぞ、アレは⁉」

リリィンの声で皆がハッとなる。爆発のダメージを受け、身体は真っ黒に焦げ、ほとんど骨と皮のような気色悪い姿になりながらも、起き上がってニッキに気づき、その殺意を彼女に向け始めた。

しかしもう————日色は動いていた。

再び『転移』の文字でニッキの前方に出現した日色。目の前に迫ってくる変わり果てた〝狂気の獣人〟を睨みつけながら、

「……アイツが、お前の家族を奪った奴だ」

〝…………〟

「……復讐をしたところで、どうにかなるわけじゃないが。…………戦いたいか？」

〝……え？〟

ニッキは不安そうに日色の顔を見上げている。

「どうする？」

〝で、でもボクは……こんなに手も震えて……〟

自身の手を見て声を絞り出すニッキ。

日色はジッと彼女の手を見つめてから、彼女の手に自分の手を重ねる。

「怖いか。それは当然だな。お前の家族を殺した奴なんだからな」

〝う、うん〟

「でも、このままジッとしてるなんて嫌だろ？」

〝……嫌だ。でも……〟

「お前自身、怖くて、震えて、戦えないって考えてるなら……そんな考え――オレが歪めてやるよ」

ニッキの右手の甲に『勇気』と書いた。青白い文字が輝き、膨大な魔力がニッキの右拳を覆っていく。

〝⁉　……あ、あったかい……！〟

ニッキが自身の拳を眺めながら瞳を揺らしている。

「……どうだ、震えは止まっただろ？」

〝あ……ほんとだ……！〟

文字の効果は、本来その者が持つ勇気を引き出す。ニッキの中に眠っていた勇気が呼び起こされたというわけだ。

「これでお前は戦える。どうする？」

〝ボク……は…………アイツがゆるせないっ！〟

「なら立て。お前の全部を奴にぶつけてみろ」

〝――うん！〟

ニッキは歯を食いしばり立ち上がると、敵を睨みつける。

「いいか、いくら奴が弱まっているといっても油断するな。真っ直ぐに突っ込むだけじゃなく、この広さを有効に活用しろ。できるか？」

ニッキは〝できる！〟と叫ぶと同時に動き出す。〝狂気の獣人〟に向かって、左右に蛇行しながら迫っていく。的を絞らせない気だ。

それでもニッキをカウンターで捉えようとしたのか、右腕を伸ばしてくる〝狂気の獣人〟だが、ニッキは瞬時に目の前から消える。そして相手の左側面に姿を見せた。

「ンガァァァァッ！」

ニッキが小さな拳を全力で突き出す。バキィッと相手の顔面が傾くが、黙ってやられているつもりもないようで、相手の尻尾が器用に動いてニッキの身体を掴む。

そのまま大地に向かって叩きつけようとするが――――ボヨンッと地面がクッションのように沈み込み、ニッキにダメージはなかった。

日色は地面に向けて『軟』を放って発動させていたのだ。

「――続いてこれだ」

新たに文字を書き、今度はニッキに向けて放つ。彼女の身体に当たった文字は――。

〝んくっ……わぁ、力が湧いてくるっ⁉〟

それもそのはず。日色が彼女に対して使ったのは『強力』の文字なのだから。

〝これならっ！〟

大量の魔力がニッキの身体を強化した後、力ずくで尻尾からの拘束から抜け出したニッキは、そのまま尻尾を摑んでジャイアントスイングのように振り回し始めた。

だが〝狂気の獣人〟も回転力を弱めようと、地面に右腕を突き立てた。そのせいで回転は止まったが、その代償として弱った右腕は肘部分から切断してしまう。

〝や、やった！〟

ニッキは大きなダメージを与えたことで喜んだが、

「気を抜くなっ！」

日色の一喝でビクッとして身体を硬直させるニッキ。日色が言ったことを証明するように、〝狂気の獣人〟は目を光らせると、残った左腕から爪を伸ばしてニッキへと突き出す。

「ンガッ⁉」

避け損なってしまい、左肩を貫かれてしまうニッキ。

〝い、痛い……っ！　く、くそぉ……っ〟

しかしその時、〝狂気の獣人〟の左肩に『切断』の文字が付着し、一瞬の放電現象の後、〝狂気の獣人〟の左腕は肩からキレイに寸断された。

「今だっ！　全力で奴の赤い部分を殴れっ！」

ニッキは痛みに顔を歪めながらも、右拳に力を集中させる。すると……。

（む？　アレは魔力？）

ニッキの拳に青白い魔力が収束していくのを確認。

「ンガァァァァァァァァァァァァァッ！」

ニッキは真っ直ぐ、魔力を宿した右拳を、〝狂気の獣人〟の赤い石目掛けて突き出した。

赤い石に拳が触れた瞬間、小さな爆発が起きる。

（爆発した……⁉）

今のは恐らく、ニッキが起こした魔力爆発。それはバンブーベアが自爆した時と似たものだが、規模は極小のものだ。

ただその衝撃でニッキは後方へ弾け飛び、〝狂気の獣人〟もまた、赤い石があった場所から煙を立ち昇らせながら悲鳴を響かせる。

しかし倒す、までには到達できていないようで、〝狂気の獣人〟の赤い石は、ヒビこそ入っているものの、まだ灰化はしていない。

（あんな姿になってもまだやる気なのか）

と日色が思った直後、〝狂気の獣人〟が尻尾を地面に突き立てると、まるで地面を吸収しているかのように、腕の切断面から土で造られた新たな腕が生えた。

（《化装術》で腕を形作っただと？）

先程とは違って、太くて凶器のようなゴツゴツとした腕。

ニッキは爆発の余波でもう身体も限界がきているのか、立ち上がるだけで必死だ。

そこへ〝狂気の獣人〟がニッキを殺そうと近づき、巨大な腕を彼女の頭上から振り落とす。

〝ごめん……イッキ、お母さん……ボク……負けちゃったよ……〟

ニッキは目を閉じ、死を覚悟したのだろう。しかしいつまで経ってもやってこない痛みに、困惑した様子で瞼をあげた。

すると彼女の目の前に日色が立っており、周囲には青白い壁が出現し、〝狂気の獣人〟の攻撃から身を守っていた。

「まあ、ガキなりによくやった」

〝……………ヒーロー……〟

「そこで大人しく見てろ。あとは任せろ。ここからは――」

ギロリと日色は〝狂気の獣人〟を睨みつけた。

「――オレの時間だ」


日色は刀を抜き、素早く〝狂気の獣人〟の懐へ入る。

「はあぁぁぁっ！」

疾風のような動きで、相手の胸に斬撃を放つ。細くなって弱っている身体は、いとも簡単に傷つけられた。鮮血が周囲に舞う。

「ギアァァァァッ！」

奇声を上げて悶え苦しむ〝狂気の獣人〟。しかし獲得した剛腕を振り回し攻撃してくる。

「そんなスピードで！」

薙ぎ払うようにしてやってきた腕に対し、日色は頭を低くして避け、跳び上がって顔面を蹴り上げた。跳ね上がる相手の顎。

相手は歯をギリギリ噛み鳴らした後、準備万端といった感じで大きな口を開けて日色を噛もうとしてきた。

「させるかっ！」

刀の腹を縦に構えて防御し、後方へと飛ばされる。

そのまま日色へと接近し、槍のように腕を変形させて、薙ぎ払うように放ってきた。

(そんなこともできるのか⁉)

日色は避けずに刀で真正面から受け止め火花を散らせる。

「ギガガガガガガガガガガガガァァァァッ！」

獣人という種族からは程遠くなった醜悪な表情で唸り声を上げてくる。それが酷く哀れであり、また苛立ちを促進させた。その苛立ちの根は、こんな姿にした黒衣に対してのものかもしれない。

「……そろそろ終わらせるぞ」

刀を振り払い相手を少し後方へずらすと、そこから大きく跳び上がる。当然相手も日色の後を追ってきた。

「……何も、お前だけじゃないんだぞ、複数の自分を作れるのはな」

日色がこの隙に書いていた文字。それは――――『影分身』。

発動した瞬間、日色の分身体が空中に次々と出現し始める。

「っ⁉」

ギョッとなった〝狂気の獣人〟は、空中で動きを止めてしまう。

「はぁぁぁぁぁぁぁぁっ！」

複数の日色たちが、一斉に〝狂気の獣人〟に対し斬撃を放ち始める。

「グギャァァァァァァァァッ！」

再度相手の両腕、加えて尻尾を切断し、さらに複数で身体に蹴りを放って地面に突き落とす。

地面に直撃したにもかかわらず、それでもまだ諦めていないのか、フラフラになりながらも立ち上がる相手に、闘争心とタフさだけは大したものだと日色は感心した。

しかしすぐに相手に向かって『制止』の文字を放つ。

文字が相手の身体に当たった瞬間に発動させ放電現象が起きた直後、ピタッと相手の動きが止まった。

〝す……すごい……っ！〟

ニッキは日色の強さに目を奪われているようだ。ジッと日色の背中を見つめて目を輝かせている。

日色は左手で持った刀の切っ先を、真っ直ぐ赤い石に合わせ、右手の人差し指に魔力を宿す。

そのまま刀身に『伸』の文字を書いた。

「――これで終局だ、〝狂気の獣人〟！」

魔法を発動した刹那、刀身が一気に伸び――

「――ガッ……ギギギグガァ……ギガァァァァァァァァアアアアアッ⁉」

見事に赤い石を貫いた刀。赤い石はサラサラと灰化すると同時に、〝狂気の獣人〟の全身も粉々に破壊され、風が灰をその場から運び、〝狂気の獣人〟という存在そのものをこの世から消した。


ふぅと溜め息を吐いた日色は、刀を魔法を使って元に戻してから鞘に収めた。

「フン、ずいぶんらしくないことをしたではないか、ヒイロ？」

いつの間にかクレーターの中心まで来ていたリリィンが、その赤子のような血色の良い頰を緩めている。

「……ふん」

らしくないことをし続けている。

実際のところ自分自身、こんなにもお節介なことをしたという事実に驚いているところだ。あの時、ニッキと彼女を守るバンブーベアの姿に、過去の自分と母親とが重なった。

そう、子供のために命を尽くしたバンブーベアが、同じように日色を庇って命を落とした母親と同じように見えた。

だからかもしれない。育ての母親を失って泣きじゃくっているニッキの姿を、とても悲痛に感じたのは……。

そして、そうさせた張本人である〝狂気の獣人〟がまだ生きていた。バンブーベアのお蔭でボロボロになった相手を、日色がサクッと倒すのは簡単だ。だが、ニッキにも戦わせてやりたいと思ってしまったのだ。

ほんの気まぐれ。細やかな慰め。日色はニッキに少しでもその想いのこもった拳で、小さな胸にへばりついている怒りを発散させてやりたかった。

無論何が変わるわけでもない。失った者たちは甦ることはないし、復讐したとしても気が晴れるかどうかなど分からない。

それでも日色は、ニッキに思い通りの戦いをさせてやりたかったのだ。

（オレらしくない……か。まったくだな……）

だが、全力で戦うことができ、少しだけスッキリとした表情をしているニッキを見て、たまには良いかと自分自身を納得させた。

戦いでの疲労感からか、一点を見つめながら肩を上下させているニッキを見つめて、日色はあることを思いつき、キョロキョロと周囲を見回す。

加えて『探』の文字を使うと、文字が矢印に変化し、イメージしているものがある場所を指し示す。

（ふむ。どうやら竹藪の中にあるようだな）

日色は一番近くにいるシウバの方に顔を向ける。

「おい、ジイサン、ちょっと待っててくれ」

「は？　あ、あのヒイロ様？」

「おい、貴様どこへ！」

リリィンも声をかけてきたが、日色は無視してその場を離れて、一人で竹藪の中へ入っていった。

「ったく、何だいきなり、アイツは」

「ノフォフォフォフォフォ！　まあまあ、日色様のことですから何か重要なわけがあるのでございましょう」

「フン、だったらいいがな」

「しかしこれで、あの子は家族を失ったというわけですな」

シウバの言う通り、これからニッキは孤独に過ごすことになる。

「可哀相ですぅ……」

「クイィ……」

シャモエとミカヅキの表情も悲しみに彩られている。

するとそこへ、日色が転移して戻ってきた。

「おわ!? い、いきなり現れるな馬鹿者っ！ それよりもどこへ何をしに行っていたのだ！」

「はあ？ そんなのオレの勝手だろうが。それよりもジイサン」

「何ですかな？」

「腹が減ったから、ここで食事にしてくれ」

「ノフォ？ こ、ここで、ですかな？」

「そうだ。食材は見つけてくる。おいドジメイド」

「ふぇ!? は、はいです！」

「…………アイツのこと任せたぞ」

「え…………はいです」

日色はシャモエに、いまだに呆けたまま天を仰いでいるニッキを任せてその場から去る。

こんな状況でも食欲優先な日色に、リリィンは頬を引き攣らせているだけだった。

日色が【バンブーヒル】を探し回っている食材は、ここにしか生えていない《筍》である《千変筍》という食べ物である。

（ジイサンに聞いておいて正解だったな。《筍》かぁ、実に楽しみだ）

見た目は普通の《筍》らしいのだが、この食材、実は調理の仕方で味や食感、香りなどが様々に変化するという。

時には普通の《筍》のようにシャキシャキとした歯ごたえのある山の幸を感じさせ、時にはモチのように柔らかく伸びる状態に変化し、時にはお菓子や果実のような甘さを含んだものになる。

それこそ本当に千変万化であり、どの食材にも適応するのでとても好まれている食材だ。ただあまり数が多く取れなくて、地面に埋まっているため、探し出すのに苦労するのが難点である。

しかし日色には『探索』という文字を使うという反則技があった。

「――お！　この下か……」

　文字が指し示す先は地面の下。

　今度は『掘』という文字を地面に書いて発動。すると一瞬の放電現象ののち、土が自然に掘ったようにボコッと窪みができる。するとその中心に、ちょうど日色の腕ほどの長さがある《筍》を見つけた。

「おお～！　逞しく太い《筍》だな。しかも色が赤っぽい」

　普通、茶色い姿をしているのだが、どちらかというと赤褐色に似た色をしている。

「よし、これだけのボリュームだ。あと二本ほど手に入れたら戻るか」

　それから同じ手順で、合計三本の《千変筍》を入手することができた。

　日色がわざわざ自ら食材調達に出掛けたのは、ある理由も含んでいる。それはそこかしこに生えている黒い竹に関してだ。

「こうして見ると、ホントに不気味な竹だな。……さっさとやるか」

　途中で見つけた黒い竹を『浄』という文字で、竹に含まれた負の毒素を浄化し正常に戻していく。放置しておけば、またいずれモンスター化して厄介なことになるからだ。

　またここに来て《千変筍》を食べたいと思っても、奴らのせいでダメになってしまう可能性がある以上、放置しておくことはできないのだ。

「しかし、一本一本こうやって浄化するのは時間がかかるし、魔力消費も膨大過ぎるな」

ではどうしたものか……と、思っていたが、ふと以前に砂漠(さばく)を一気に凍結(とうけつ)化したことを思い出した。

「そうか。ならこの文字で――」

日色の右手の人差し指が描(えが)く軌跡(きせき)。それがある文字を形成していく。

『清浄(せいじょう)化』

この文字を黒い竹の笹(ささ)が散らばっている地面に向けて放ち、

「清めろっ、《文字魔法(ワード・マジック)》ッ！」

文字からバチチッと放電現象が起こった直後、文字が独りでに上空へと浮(う)き上がり、文字自体が黄金の輝きを放ちながら膨(ふく)れ上がっていく。

そして風船が破裂(はれつ)したかのように弾(はじ)けた瞬間、光の粒子(りゅうし)が雨のように【バンブーヒル】に降り注ぐ。

その光を受け、黒い竹がゆっくりと元の竹に戻っていく。それは神秘的な光景に思えた。

「相変わらず、オレの魔法の威力(いりょく)は凄(すご)いものだな」

使っている本人なのだが、限りなく万能(ばんのう)なユニーク魔法(チート)だと思う。

「さて、やることも終わったし、帰るか」

再度クレーターがある場所に戻ると、シウバがテーブルや調理器具などを出し、準備万(ばん)

端に構えていた。彼の魔法による収納術は本当に便利なものだ。

リリィンはすでにニッキに語るのを止めて椅子に腰を下ろしていた……が、突然日色の姿を見ると、詰め寄ってきて、

「おい貴様、先程何かしたな？　何だったのだ、あの光の雨は？」

「見れば分かるだろ？　黒い竹を元に戻すために力を使っただけだ」

「……フン、ホントに規格外な魔法だな」

「お前に言われたくない」

彼女の魔法だって十分に普通とは逸脱している。

少し離れたところで地面にペコリと座り込んでいるニッキを、シャモエが怯えながらも優しく声をかけているようだが、反応を返してもらえていないのか涙目である。

ニッキもすぐに立ち直ることなどできないだろう。泣いたのだろうか、目元も赤くはれ上がっていた。

日色はそんな彼女を一瞥すると、手に入れた《千変筍》を持ってシウバのもとに向かった。シウバに食材を渡すと、意気揚々と調理を開始する。

シウバに手伝いに呼ばれたシャモエも、後ろ髪を引かれる思いでニッキの傍から離れて行く。

ニッキの、貝に閉じこもるような姿を見て、日色は過去の自分を重ねる。何故なら、児童養護施設に送られてしばらくの間は、今のニッキと同じように世界と自分を切り離していたのだから。

そんな時、もう死んでしまったが、当時の施設長に救われた言葉があった。その言葉があったからこそ、今の日色があるといっても過言ではないだろう。

（……ガキはガキらしい方が良い。それが施設長の口癖だったよな）

シウバが作った料理が載った皿を手に持つと、日色は真っ直ぐニッキのもとへ向かう。コトンと彼女の目の前に皿を置くと一言――。

「――まずは食え。悩むのはそれからだ」

ニッキは顔を上げ目の前にある《千変筍》の料理を見て、ゴクリと喉を鳴らすが、再び我慢するように顔を俯かせた。

日色は彼女のそんな姿を見て、

「生きたいなら食え。家族の命をムダにしてもいいというなら食うな」

少し意地の悪い言い方をする。すると彼女はピクッと肩を動かす。

〝……生きても……いいの？〟

「……知るか。それは誰かに聞くようなものじゃないだろうが。お前が生きたいか生きたくないか、それだけだ」

〝ボクは……でも……もう誰もいなくなっちゃった……〟

今ニッキの心の中には絶望が広がっていることだろう。

家族が自分を守るために命を失い、そうしてまで守ってくれた命を、簡単に失うこともできず、だが突然周囲に誰もいなくなり、これから孤独が支配していく恐怖がある。混乱と不安、目の前が闇に包まれているような感覚かもしれない。

「お前は仇を討ちたくないのか？」

〝……え？　もう……モンスターは倒して……〟

彼女にとっては、〝狂気の獣人〟はモンスターのようだ。

「あの化け物を操っていた黒幕がいる」

〝……くろ……まく？〟

「そうだ。お前も知ってるだろ？　ここに来た黒ローブの男のことを」

〝うん……〟

「そいつが恐らく、あの化け物を生み出した張本人だ」

〝っ⁉〟

「だったら、ホントの仇っていう存在は、そいつなんじゃないのか？」

〝そ、それは……〟

イッキたちを直接殺したのは〝狂気の獣人〟だが、あの存在を生み出したのは黒衣の人物だ。その可能性は非常に高い。バンブーベアから話を聞いて、益々その考えは強くなった。間違いなく何かしらの繋がりはある。

「オレなら、家族を殺されて黙って生きるなんてできない」

〝…………！〟

「必ずこの手でケジメをつける」

〝……でも、ボクにできるのかな……お母さんでも敵わなかったのに……〟

「弱いなら強くなればいいだろ？」

〝……強く？〟

「言っただろ？　決めるのはお前だ。これからどうするか決めたら、あそこの紅い髪のチビにでも言え」

その時、日色はそっとニッキの目の前に白い骨のような物体を置く。大きさは大体ニッキの握り拳程度である。

〝……え？〟

「それは、あのデガグマの爪だ」

直後、ニッキの目が大きく開かれる。視線が爪に注がれ、勢いよく爪を手に取るニッキ。

実は戦闘が終了した直後、日色があることを思いつき、その場を離れたのはこれを見つけるためだった。つまり、何かバンブーベアの遺品がないかと思って探したのだ。見つかったのはその爪のかけら一つだけだったが。

「その爪に恥じない生き方をするんだな」

そう言いながらそこから離れようとしたら、ニッキは皿を手に持ちガツガツと物凄い勢いで食べ始めた。

〝――っ⁉……おいじぃい……おいじいよぉぉ……っ〟

涙を流しながら食べるニッキを見て、どことなくホッとしたものを感じる日色。そしてそのままテーブルに戻り、シウバが用意してくれた料理を口にすることにした。

《千変筍》の名に相応しく、テーブルの上には見た目からして様々な料理が並んでいる。餡かけのようにトロトロとした液体が上にかかっている千切りの《千変筍》。それをアツアツのご飯にかけると、《筍の餡かけご飯》というそのまんまの名前になる。

「はむっ！　…………んんおっ⁉」

絡みつく餡の中に、シャキシャキとした《筍》の食感が、ご飯にとてもよく合う。特にこの熱々ご飯に絡んでいる甘辛い餡は、まるで山芋をすり潰したような粘り気を持ち、餡とご飯だけでもツルツルッといけてしまう。これは口にかっこむ手が止まらない。

(美味い！　何て美味いんだ！　こんな餡かけを今まで食べたことがなかったぞ！)

他には串に刺した《千変筍》を、焼き鳥のように焼いた《焼きバンブー》とシウバが名付けたものがあった。

この食感はまさに――肉。しかも中から溢れ出てくる肉汁のような液体が濃厚で美味い。軟骨のようにコリコリした部分もあれば、ミノのような弾力が強い食感も楽しめる。これは飽きずに食べることができるものだ。

(これは焼肉屋とかで出しても人気が出ること間違いなしだろうな！)

見ればリリィンも満足気にワインを呑みながら《焼きバンブー》を食べている。相変わらず酒を呑む幼女という光景は慣れないものだ。

シャモエやシウバも料理を堪能し、一緒に頬を緩ませている。

他にもいろいろ味や食感などが違うものがあったが、最後にデザートである《チョコのこ》というのを食べた。

チョコでコーティングされた《千変筍》だが、サクサクとしたスナックのような食感とチョコが融合し、お菓子感覚で楽しめた。

（これは本を読みながら片手間で口にしたい。まさにティータイムにちょうど良いお菓子だな）

しばらく食べ続けていると、不意にシウバがリリィンに近づき、

「お嬢様……」

「…………分かっている」

ナプキンで口元を拭いたリリィンが、咳払いを一つした。

そしてその鋭い視線をニッキへと移す。

「――おい貴様」

「……ンガ？」

「む？　おい、ヒイロ、奴の言葉が聞こえないぞ？」

リリィンが聞いてくるが、興味があるのは彼女だけでなく、シウバやシャモエも同様でジッと視線を固めている。どうやら『翻訳』の文字効果の効力が、彼女たちから消えたようだ。

何かニッキに話があるようなので、日色も黙って魔法を使ってやった。

「――よし。おほん。……貴様の気持ちは理解しよう。だが貴様はここで選ばなければな

らない」

〝え、選ぶ？〟

「そうだ。このままここに残るか、ワタシについて来るかを」

表情を強張らせるニッキ。ゴクリと喉を鳴らすと、リリィンの目を見つめた。

「ワタシは今、多くの同志を集めている。その同志とは、貴様のようなはみ出し者や、生きる場がない者などだ。そんな者たちに、いずれワタシが造り上げるあるものを提供することがワタシの野望だ」

〝ある……もの？〟

反復したニッキだが、日色もまた心の中で同じように繰り返していた。

「貴様がともに来るなら歓迎しよう。ただし、ここは曲がりなりにも貴様の育った地。ここに残るという選択肢もまたある。もし後者を選ぶのであれば、いずれあるものを造り上げた時に、再び声をかけてやることもできる。どうする？　それともどちらも選ばずに、ここでなにもせず死ぬか？」

ニッキに迫られた選択。

リリィンもまた、彼女自身に選ばせるようだ。

ニッキは日色の方に視線を向ける。日色は彼女を一瞥すると瞼を閉じて言う。

「……言ったはずだ。お前が決めることだってな」

日色にもらった爪に視線を落として握りしめる。そして意を決したように顔を上げると、何故か日色の隣にゆっくりと近づいてきた。

日色もそれに気づき、彼女を見ると、そこには何かを決意したような顔があり、両手には祈るように握りしめている爪があった。

「……何かあるならそっちに行けと言ったが？」

リリィンの方を指差すが、次の瞬間――驚くことにニッキが突然頭を下げた。

〝――ボクを強くしてっ！〟

その宣言に思わずポカンと口を開けてしまう日色。

「おいちょっと待て！　何故そっちに行く！　ここはまずワタシに頭を下げて連れて行ってくださいではないのか！」

〝……ボクはこの人のそばにいたい！　この人のそばで、強くなりたいっ！〟

「んなっ！」

「ノフォフォフォフォ！　ふられてしまいましたな、お嬢様！」

「むむむむぅ～っ」

そんな膨れっ面で睨みつけられても、日色も度肝を抜かれている立場なのでフォローなどできるはずもない。

「いや〜ですがまさか、ヒイロ様にお弟子さんができるとは……長生きはするものでございますねぇ」

「お、おおおおめでとうございますですぅ！」

「クイィ……」

いろいろツッコミを入れたい衝動にかられる。

（変態執事よ、お前たちと会ったのはつい最近だぞ。あと何でよだれ鳥は不満気なんだ？）

最後のミカヅキだけが、ニッキを見つめながらそんな感じなのだ。何故だろうか？

「はぁ、オレは弟子なんて……」

取らんと言おうと思いニッキの顔を見ると、まるで捨てられた子犬のような上目遣いで攻撃してくる。

ハッキリ言ってめんどくさい。弟子とは言っても何を教えればいいかサッパリなのだ。

だが何故か……断りにくい。

施設の時にも、よく子供たちに泣きつかれていた。その時のことを思い出す。いつも断れなかった自分のことを……。

「よいではございませんか、ヒイロ様。この子はまだ子供。教えることはたくさんありますが、わたくしもできるだけの支えをさせて頂きますから」

「シャ、シャモエだって頑張りますぅ！」

「ワタシはそんな面倒なことやらんぞ。絶対だからな！　フンッ！」

最後の不貞腐れているリリィンはともかく、他の二人は頼もしい言葉を伝えてくれる。

〝お願い！　強く、強くなりたいの！〟

必死に嘆願するニッキ。確かにめんどくさいが、自分の修練の相手にもなるかもしれない。それに……。

『……赤ローブの人、どうかニッキを……私の子をお願い致します。その子を、どうか人の世へ……』

今際の際にバンブーベアに頼まれた。

（否定することも、できなかったしな……）

なら少しくらい面倒を見てもいいかも。何の気まぐれか、そんなふうに思ってしまった。

「……オレは戦うことだけしか教えんぞ？」

〝う、うん！〟

「あと、オレの言うことを必ず聞くことだ。いいな？」

〝うんっ！〟

「返事は、はい——だ」

〝はいっ！〟

「それとオレのことは師匠(ししょう)と呼べ」

〝はい、師匠ぉ！〟

花が咲(さ)いたように嬉(うれ)しそうな笑(え)みを浮(う)かべるニッキ。

シウバやシャモエも手を叩(たた)いて喜んでいる。リリィンは軽く肩(かた)を竦(すく)めて、再びワインを呷(あお)っている。

「しかしそうだな……。勉強するにも競争相手がいたらなおいい……か」

日色は顎(あご)に手をやりながら思案顔を作りながらミカヅキに近づく。

「どうしたのだ、ヒイロ？」

「……いや。……ジイサン、コイツに言葉も教えられるよな？」

「……？　ええ、構いませんが」

「なら一人増えても問題ないな」

「は？」

シウバは虚を衝かれたような感じだったが、構わず日色は、ミカヅキの身体に『擬人化』という言葉を書いた。

ミカヅキもキョトンとしていたが、主の日色がすることだから大人しくしている。

「これでよし、発動しろ、《文字魔法》」

凄まじい魔力が文字から溢れ出し、その魔力がミカヅキ全体を包んでいく。

「クイッ!? クイクイクイクイィィィッ!?」

ミカヅキは驚いているように叫んでいるが、光がミカヅキを覆い尽くすと……。

「ヒ、ヒイロ様っ、何を!? ふぇぇぇぇっ!? ミカヅキちゃぁぁぁんっ!?」

ミカヅキと仲が良いシャモエが大慌てだが、他は日色が何をしだしたのか理由が分からず唖然としたまま。

だが光が収まると、さらに驚くべき光景が広がっていた。

「――――――――――クイ？」

先程ミカヅキがいた場所に、小さな女の子が座り込んで、可愛らしく小首を傾げていた。

「「えぇぇぇぇぇぇぇぇぇっ!?」」

リリィンとシャモエが割れんばかりの悲鳴に似た声を上げる。シウバは「ノフォ～」と驚いてはいるが、口髭を擦りながら楽しげな様子だ。ニッキはぽ～っとしているが。

「ふむ、上手くいったな」

『擬人化』の文字で、ミカヅキを人形にすることができるか試してみた。以前から一度試してみたいと思っていたのだ。

しかしこの文字は、ある程度の信頼関係が互いになければ使えないということが直感的に理解できている。

ミカヅキならと思い試してみたが、思った通り成功して良かった。しかし彼女もまたモンスターであり、言葉を話すことができないようで、

「クイクイ？」

と、彼女もまた何が起こったのか分からないようでキョトンとしている。

「はぅわ!? 可愛いでしゅぅぅぅっ!? ああでも女の子が裸はダメですぅぅっ！」

そう言いながらシャモエが慌てて、バッグから布らしきものを出して、彼女の身体に巻いて行く。

見た目は五歳児の幼女。フワフワモコモコの白い髪と、大きな黄色い瞳を持つ。ふっくらと艶々している肌は、まるで生まれて間もない赤ん坊のように血色が良い。

これはトレードマーク、というかチャームポイントなのか、額には三日月形の痣がある。

「ジイサン、コイツにも言葉を教えてやってくれ」

「ノフォフォフォフォ！　さすがはヒイロ様！　もうわたくしの驚きのキャパシティは溢れ返っておりますぞ！　ノフォフォフォフォ！」

「クイ～？」

「きゃぁぁぁぁ！　か、か、可愛いですぅ！」

シャモエはもう辛抱堪らなかったようで、ミカヅキに抱きつくと、ミカヅキも嬉しそうに「クイクイ！」と声を発している。

「………とんでもないことをしおって。貴様はいつもワタシの予想の斜め上をぶち抜き過ぎだ、まったく」

リリィンだけは呆れ返っているようにジト目で日色を睨んできている。

「――さて、おいチビッ子……いや、今日から弟子だ。コイツより先に言葉を話せるか？先にできたら褒めてやるぞ」

ニッキを見ながらミカヅキを指差す。すると、ニッキは「むむむ！」といった感じでミカヅキを睨むと、指を突きつける。

〝ボクが先に言葉を覚えるんだ！　そして褒められるんだからね！〟

するとミカヅキもまた「むぅ～」といった表情をして、

〝ちがうも～ん。よくわかんないけど、ごしゅじんにほめられるのはミカヅキだもん！〟

こうして、チビッ子コンビが出来上がった。これからは互いに切磋琢磨して世の中の常識を学んでいってくれるだろう。

競い合わせた方が習得も早いし、効率もまた良いと判断した結果だ。

「ンガンガンガンガーッ!?」

「クイクイクイクイーッ!?」

小さな存在がまだ言い争っている。

「……ふぇぇ～可愛いですぅ」

シャモエはそんな二人に胸キュンし過ぎて、そのうち鼻血でも出るのではないかと思うくらいうっとりと恍惚顔だ。

「ふむふむ。なるほどなるほど。ノフォフォ……やはり幼女は、素晴らしい！」

間違いなくこの世に警察というものが存在するなら、この変態を突き出していることだろう。だってコイツは鼻血を出しているのだから。

ニッキとミカヅキは、どっちが日色の一番になれるか勝負だーっという感じで、どうでもいいようなことを言葉で殴り合っているのだ。

(よだれ鳥の奴、もしかして不満気だったのは、アイツに対抗意識を燃やしていたからなのか？)

ニッキが弟子になるということでミカヅキは不服そうだったが、もしかしたらそういう理由だったのかもしれないと思う。今の二人の感じを見て実感することができた。

「ンガンガンガンガーッ！」

「クイクイクイクイーッ！」

「ええいっ、うるさいわヒヨッコどもぉぉっ！」

「「っ⁉」」

リリィンの怒声にビクッとなった二人。反射的に二人はガッシリと抱き合ってしまう。

ニッキにふられたからか、機嫌がかなり悪い。

「よ～し、いいか？　今後ともに旅をするに当たってよ～く心に刻んでおけ。このパーティで一番優先すべきはこのワタシだ。だからワタシの機嫌を損ねるなよ？　もし損ねたら……」

ゴクリと二人から喉が鳴る音が聞こえる。同時に身体が恐怖で震えているのが伝わってくる。

「……永遠に覚めない悪夢を見せてやるからな？　いいか、分かったな？」

ブンブンブンブンブンブンと高速で首を縦に振る二人。

「なら今は食事中だ。ケンカは後にしてまずは食事を楽しめ、いいな？」

〝は、はいぃっ！〟

二人はビシッと直立不動になって返事をしてからテーブルにつく。

「ノフォフォフォフォ！　さすがはお嬢様、育成能力もバッチリでございますなぁ！」

「……あれがバッチリ？　ただの恐怖政治のようにしか見えんが」

「それが良いのではございませんか！　ああ～お嬢様のあの氷のような冷酷な表情……ゾクゾクしますなぁ」

そうだった。コイツがドMだったことを忘れていた。

日色は二人を注意して幾分スッキリした様子でワインを呑んでいるリリィンに近づく。

「……お前、あのチビっ子を仲間にしてもいいと思ったのは、例の野望とやらに関係してるってことか？」

「だったら何だ？」

「お前は、この時代の先に何を見てるんだ？」

質問に対し、リリィンは傾けていたグラスを静かにテーブルの上に置いた。

「……ヒイロ、貴様は特殊だ」

「は？　……何をいきなり言ってるんだお前は？」

「この世界に存在していて、生きにくい者たちは確実にいる。それは何故か？」

「……？」

「簡単だ。人は区別し、差別をする生き物だからだ。貴様もシャモエの扱いを体験しただろう？」

この世には《禁忌》と呼ばれる存在がいる。総じて彼らは常人から疎まれているのだ。

「俗に言うはみ出し者たちのことだ。しかし貴様はそいつらを、ただそこにいる存在として扱う。これがどれだけ稀少なことか分かるか？」

「人は自分と違うものを嫌う。排除しようとする。そんなことは人の社会では当たり前だろうな」

「そう、それが普通。だが貴様は区別も差別もしない。だから特殊だと言ったのだ。そして世の中には、そんな特殊な奴やはみ出し者があちこちにいる。ワタシは、そいつらの居場所ができれば面白いと思っている」

「面白い？　何が面白いんだ？」

「考えてもみろ。そこには多くの種族が集まるのだぞ？　人間も獣人も、魔人も精霊も関係なく、な。そんな場所ができてみろ。凄まじい化学反応を起こし、今まで見たこともないものが生まれそうではないか」

遠い未来の夢を見ているような瞳で空を仰ぐリリィン。

「だからその居場所を作ってみたいと、そう思うわけだ」

「なるほどな。ずいぶんと変わった考えをする奴だ」

「しかしまあ、それが難しい。一度は諦めた野望でもあったからな」

「諦めた？　何故また急に追いかけ始めたんだ？」

そう問う日色の顔をジッと見つめるリリィン。

「？　……何だ？」

しかし彼女は、フッと視線を切ると「別に何でもない」と、再びワインを一口呑む。

「野望……ね。……やはり、お前は変わった奴だ」

「貴様に言われたくはないわ」

まさか尊大なリリィンがそんな目的を持っていたとは知らなかった。しかし他人にあまり興味を示さない日色にしては、彼女の語った野望に惹かれるものもある。

楽しげに笑みを浮かべてニッキを見つめるリリィン。

（もしかしてコイツが旅に出たのは、アイツみたいな奴を仲間にするためなのかも……な）

そしていつかその居場所というものへ勧誘するためなのだろう。それが彼女の野望……

ということだ。

（なかなか面白いことを考える奴だ）

確かにそれが現実化したら、世界的にいっても画期的だろうし、面白いかもしれない。

「ノフォフォフォフォフォ！　お嬢様とヒイロ様、何だか良い雰囲気ですなぁ」

「んなっ!?　何を言っているか、貴様はっ!?」

「そのようにお顔を真っ赤になされて。あ、もしかしてお嬢様！　こ、こ、告白をなさろうとしたのでは……っ!?」

「ふぇぇぇえっ!?　そ、そそそそれは一大事ですぅぅっ！」

〝し、師匠は渡したくないよぉ！〟

〝ごしゅじんはミカヅキのものなんだからぁ！〟

「ええいっ！　相も変わらず盛大な勘違いをするでないわ貴様らぁっ！」

まあ、シウバに関しては確信犯のような気もしないでは………いや、十中八九わざとだろう。

「ヒ、ヒイロ！　ち、違うからな！　告白とかしたいとか思っているわけではないからなっ！　断じてだ！」

指をビシッと突きつけてくる幼女。

しかし日色は……。

「……んあ？」

食事に夢中だった。

「…………何だか腹が立ってきたぞぉっ！」

よくは分からないが、いきなりシウバをサンドバッグにし鬱憤を晴らし始めるリリィンに、それを慌てながら止めようとするシャモエと、我関せずといった感じで食事をするミカヅキ。……うん、いつもの光景だ。

日色は、ミカヅキ同様、美味しそうに料理を食べるニッキを見る。その姿は、幼い頃の自分と重なった。

独りだった自分。だがいつしか周りに人が集まっていた。

ニッキもまた、日色と同じように独りから抜け出すことができている。

ふと、日色は空を見上げる。

（オレに弟子……か。この世界に来て、いろんな新しいことに出会ってばかりだな）

だがそれがまた自然と心地好かったりする。

こうして自分のしたいことをしながら進んで行く中で、新たな発見をしていくのもまた面白い。

（けど、新たな仲間が増えたのはいいが……）

リリィンたちの顔を、順々に見回していく。

（改めて思うが、ホントに濃いな……この面子。ただまあ、退屈はしなさそうだ）

これからこのメンバーで旅をするのだ。

魔界は広い。しかも何が起こるか分からない。

（できれば平和に旅をし続けられたらいいが、果たしてどうなることやら）

だがこのメンバーなら、楽しく、そして面白い旅になりそうだ。


——やがて日色のこの懸念は、遠からず当たることになる。

半年後、まさか世界を揺るがす事件に身を投じることになろうとは、この時の日色は欠片ほども思っていなかったのだ。

そう、気づいていなかった。

今も世界では、確実に時計の針が時を刻んでいる。

その先に待つ何かを目指すかのように。

待っているのは栄華か、それとも破滅か……。

様々な者たちの思惑が渦巻く世界の中で、その答えはもうそこまで近づいていた。


そして、舞台は半年後へ——。

エピローグ

季節が移り変わって冬が過ぎ、そして世界が春色に色づいていた頃——。

『人間族』と『魔人族』との間で、大きな分岐点がやって来ようとしていた。

【魔国・ハーオス】では、長卓を囲み『魔人族』の重鎮たちが顔を合わせている。

「ではこれから魔国会議を始めさせて頂きます。議題はもちろん、三週間後に迫った『人間族』との会談について。当日の流れを含め、我々の立ち位置の詳しい状況などを話し合わせて頂きたいと思います」

淡々とそう言い放ったのは、魔王であるイヴェアム・グラン・アーリー・イブニングの隣に一人だけ座らず立ったままの側近——キリアだった。

決して崩さない無表情でキリッとした顔は、どことなく緊張感を漂わせているように見える。

「——ようやくここまで来た」

目を閉じ、万感の思いを込めて言葉を吐いたのはイヴェアムである。瞼をゆっくりと上げ、その紺碧の双眸で、座っている《魔王直属護衛隊》の面々を視界に捉えていた。

「あとは何事もなく会談が終われば……平和に一歩近づく」

「ん～それはそうでしょうけど陛下ぁ～」

大きな胸の下で腕を組み、色っぽい声を上げるのは、《序列五位》のシュブラーズである。

彼女の言葉にピクリと眉を動かしたイヴェアムが「何だ？」と尋ねる。

「本当に大丈夫なのかしらぁ？」

シュブラーズの含みのある言葉に同意したように、皆がイヴェアムに視線を向ける。

「無論危険はある。会談の場所は人間界のとある場所であり、私の護衛も数が限られている。当日人間界までは、お前たち全員がついてくることは認めてもらえたが、会談場所に向かえるのは、ここにいるキリアとアクウィナス、それにマリオネだけだ」

「《序列一位》と《序列二位》のダンナたち。それに側近のキリアちゃんなら、確かに安心かもなぁ」

《序列六位》である浅黒い肌をした青年――グレイアルドが気怠そうに言う。

「ところでぇ～、テッケイルからは何か言ってきてないのかしらぁ？」

この場にいつもいない《序列三位》のテッケイルだが、今回も欠席のようだ。

「いや、逐一報告は受けている。何やら国王が一計を案じている危険があると聞いているが……」

「ちょ、ちょっとちょっとぉ、それって大丈夫ぅ～？」

シュブラーズが思わず目を見張りながら聞く。他の者も目つきが鋭くなっている。

「それについては大丈夫だ。そうだろ、キリア」

「はい、恐らく前回の件がある以上、こちらのことを全面的に信頼することはできていないのでしょう。そのため何か起きればすぐに我々を捕縛できるように計略を立てているはず。それは当然の対応といえます。しかしこちらが何もしなければ、あちらもおいそれと手は出さないと考えます」

「それって確信持てるのぉ？」

当然シュブラーズの懸念が飛ぶと、鼻を鳴らし彼女の言葉を否定してくるのは、《序列二位》のマリオネだ。

「ふん、人間どもが何を企もうが、私が護衛につく限り万が一はありえぬわ」

「おお～よく言うよく言う。マリオネのダンナは、できれば向こうが事を起こしてくれた方がいいって思ってたりしてねぇ」

「おいグレイアルド、滅多な事を言うものではない」

不吉なことを言う彼を窘めたのは、全身を青毛で覆われた、外見上狼男である《序列四位》のオーノウスである。

「へいへ～い、けどホントにダルいことになんなきゃいいけどなぁ」

めんどくさそうに卓の上に突っ伏して、それ以上はもう喋らないといった意志を感じさせる。普段からこういう態度なので、誰も咎めたりしない。

「グレイアルドの懸念は尤もだ。しかし私は――『人間族』を信じる」

イヴェアムの言葉。それには誰も反応を示さない。皆の同意を得られないことに悲しそうに眉をひそめるイヴェアムだが、

「それに何より、私はお前たちを信じている。何があっても、お前たちがいれば大丈夫だと。私も、そして……国もだ」

今度も同じように皆は黙っているが、今回皆の顔には不敵そうな雰囲気が漂ってきた。言われるまでもないと言いたいのかもしれない。

「無論何も起こらず、会談が平和的に進み同盟が成れば言うことなしだ。一度の会談で全てが上手くいくなど甘いことはさすがの私も考えていない。まずはお互いを知るための場である。我々は『魔人族』の代表として、恥ずかしくない姿を見せてやるのだ！」

イヴェアムの迷いのない言葉に、皆は微かに頷きを返す。

「では今から当日の流れを説明するぞ――」

※

一方【人間国・ヴィクトリアス】でも、同じように会議が開かれていた。

内容は【ハーオス】同様、会談についてだ。

そうそうたる顔ぶれが長卓を囲んでいた。

国王ルドルフ・ヴァン・ストラウス・アルクレイアムに、大臣のデニスはもちろんのこと、国軍の隊長たちに加えて、ギルドマスターであるジュドム・ランカース。

そしてこの国に召喚された勇者四人の姿があった。

会議を進めるのはデニスの役目なのか、彼がまず皆の顔を見回しながら口を開く。

「集まってもらった理由は各々理解しているはずだ。三週間後、ついに会談が開かれる。だが我々は『魔人族』が素直に会談を進めようとは思っておらん。前回のように裏切ってくる可能性だってある。いや、その可能性の方が高いとさえ考えておる」

「待ってくれ、デニス大臣」

デニスの言葉を止めたのはジュドム。

デニスは途中で話を止められたので不愉快そうに視線を向ける。

(アレがギルドマスターのジュドム・ランカース……)

勇者の一人である青山大志は、ジッとジュドムを見つめる。

(座ってるけど、物凄い身体つきなのが分かるな。それに何だよ、本当に引退したのかこの人……!)

大志は第二部隊隊長のウェル・キンブルから話には聞いていたジュドムについて、認識を改める必要があることを理解させられた。

引退した元冒険者。昔は凄い人物だったと聞いていたが、今はギルドマスターになって一線を退いたと聞いていたのだ。

だから今はそれほどでもない人物だろうと思っていたが、彼から伝わってくる覇気、内に秘めている闘志が、抑えていても滲み出ているのを感じる。

丸太のように太い腕は、大抵のものはその剛腕で粉砕できるだろうということは想像に難くなかった。他の三人も大志と同様の思いなのか、ジュドムを注視している。

「確かに過去、『魔人族』からの要求で会談に赴き裏切りに遭っている。しかし魔王も代わり、その意思は我らと同じように世界平和に基づいているものと判断する」

「言葉を返すようだが、貴殿のそれは希望的観測ではないかね?」

「そうだ。希望、理想、夢、大いに結構じゃねえか。人ってのはそれを支えにここまで大きくなってきたんじゃねえのか？　希望があるって信じなきゃ、ちっとも前には進めねえぞ」

デニスは彼の言葉を受けて、忌々しそうに歯を噛み締めて睨む。どうやらデニスは、ジュドムのことを、あまり歓迎していないように見受けられる。

「相手を信じてみる。まずそこからだろうが」

「もしそれで相手が裏切ってきたらどうするのだ？」

「そのために俺がここに来てるんだろうが。何があっても守ってやるって何度も国王には言ってるはずだが？」

ジュドムが放つ言葉には妙な説得力というか覇気を感じる大志。他の者たちの中にも、彼の存在感に圧倒されている者もいた。

そんな中で、今まで口も目も閉ざしていた国王ルドルフが静かに瞼を上げ、皆からの視線を受けつつ言葉を出す。

「……だからこうしてお前を呼んだのだ、ジュドムよ」

それだけを言うと再び目を閉じた。ジュドムとルドルフは旧知の間柄だが、その友であるルドルフの自分に対する態度が少し気になっているのか、ジュドムは視線を若干鋭くさせて見つめていた。まるでルドルフが何を考えているのか探ろうとしているかのようだ。

デニスが、「もう言いたいことはないかね？」とジュドムに聞くと、

「……俺が言うのはただ一つ。会談は必ず成功させるために動けということだけだ」

王族でもないのに、ハッキリと意見を述べるジュドムを見て、大志は呆気に取られる。

（何つう貫禄だよあの人……！）

ジュドムの存在に明らかに呑まれてしまっていた。しかしそれは他の隊長たちにも言えることで、彼が残した伝説などを知っている彼らは息を呑んで黙っている。その中のウェルも、気が気でないようで、そわそわしているのは言うまでもない。

会議は、それからある程度スムーズに進み、当日の流れ、兵たちの配置や、異常事態が起きた時の対処などを話し合って解散した。

終わった後、ウェルは勇者たちのもとへと向かって、ジュドムと大臣のやり取りで冷や冷やしましたと、苦笑混じりに頬を引き攣らせていた。

「それにしても、初めてまともに見たけど、あのジュドムって人はとんでもないな」

「あはは、タイシ様もそう思いましたか？　まあ国王様とは親友という仲なので、あのような態度でも許されているんですが……」

「そんなことより、いよいよやんねぇ～」

猫目と関西弁が特徴の勇者の一人、赤森しのぶが言葉を出す。

「はい。どちらにしてもこの会談で、何かが変わります」

「一か月くらい前から城中ピリピリしてて、何か居辛かったわね」

ウェルの次に口を尖らせながら言うのは、これまた勇者の一人である鈴宮千佳である。

彼女の言う通り、下手をすれば『魔人族』との戦争になるので、城の雰囲気がそうなっていても変ではない。むしろいまだに平然としている千佳の方に問題があるだろう。

「チカ様、三週間後、恐らく国王様はあなた様がたのお力を大いに頼られると思います。ここまで、多くの戦闘経験やクエストを乗り越えて、確実にお強くなられました。もし相手が裏切った場合、そのお力で国王様をお守りください」

念を押すように真剣な表情で言うウェルに対し、千佳は少しキョトンとした後、笑みを浮かべて頷きを返した。

そしてウェルに気づかれないように大志に耳打ちをする。

「ね、ねえ、ウェルってば、あのこと聞かされてないの？」

「みたいだな。けど王様も誰にも言うなって言ってたし、知らされてないいんじゃないのか？」

「そう？　ならオフレコってことで、朱里もいい？」

「わ、分かりました」

突然自分に振られ、戸惑いながらも答えたのは勇者の一人——皆本朱里だ。

「でも本当に『魔人族』って許せないよな。裏切りなんて絶対ありえないよ」

「うん、必ず勝つわよ大志、朱里、しのぶ」

「おう！」

「は、はい！」

「当然やで！」

四人は互いに決意を込めた表情で頷く。それを頼もしそうにウェルが見つめていた。

※

その頃、執務室では国王ルドルフと大臣デニスが二人だけで顔を合わせていた。二人はどことなく緊張感を漂わせる固い表情をしているが、先に口を開いたのはデニスだ。

「これで事が上手く運べば良いのですが……」

「ああ、そのために今までずっと勇者たちを育ててきたのだ」

「切り札として……ですな？」

すると目を細めてルドルフは小さく首を左右に振る。

「いや、勇者たちの存在は『魔人族』側にも知られておる。必ず警戒されておるだろう。

だからこそ、その勇者という存在が――目くらましとなる。まあ、切り札といえないこともないがな」

「そうですな。恐らくこれで魔人どもは何もできないはず。……ただ、あの男のことはどうなさるおつもりですか？」

「……………ジュドムか？」

「左様です」

ルドルフは微かに唸るとフッと笑う。

「アイツはワシのことを甘いというが、アイツの方が甘い。それは会談で明らかになるはずだ」

「ですが、あの男も元『人間族』最強の冒険者。腕だけではなく頭も切れると聞きます。何かを企てたりは？」

ジュドムの残した今までの実績や地位、そして彼自身の実力を見誤ってはいけないとデニスは考えているのだろう。さすがは国王を支える大臣だけはある。

「アイツはワシを信じておる。『魔人族』は必ず動いてくる。その時に思うはずだ。ワシの方が正しかったとな」

「三週間後、ようやく時代が動く時ですな。半年以上前、『魔人族』と『獣人族』の戦争も中途半端に終わり、時代が大きく動くことはありませんでしたし」

今思えば、魔王が橋を破壊して戦争が即時終結した過去が懐かしい。

「デニスの言う通りだ。それにだ、先程勇者を切り札と言ったが、本当の切り札は――」

そう呟きながら、ルドルフは視線を部屋の隅へと向ける。

そこにはある人物が立っていた。黒いローブで全身を覆い、まるで置物のようにジッと佇んでいる。顔もフードで確認することができない。

「――こちらが本命だ」

ルドルフの言葉を受け、黒衣の人物は微かに笑みを浮かべていた。

あとがき

皆様初めましての方は初めまして、お久しぶりの方はお久しぶりの十本スイです。

暑かった夏も終わり、もう冬になりますすね。作者は夏生まれなのですが、実はそのどちらもあまり好きではありません。どちらかというと秋のような物静かで穏やかな涼しい季節が好みなのです。

執筆作業もやはり秋や春などといった過ごしやすい季節の方が捗っている気がします。

さて、今回の『金色』ですが、新たなキャラクターであるニッキという少女……もとい、幼女が登場します。

WEBを読んでくださっている方は、「え!?　もうここでニッキ登場!?」と思われるでしょう。何せWEBでは、ニッキの登場はまだ先でしたから。

ですが魔界編をもっと書きたいなと思い、ならここへニッキとの出会い編を持ってこようと思い至り、書き上げた次第です。

また今回、シャモエというドジメイドキャラにも視点を当てたストーリーにもなっており、彼女の良さを十分に引き出すことができた仕上がりになっているかと思います。

さらに豊富なバトルシーンや、グルメシーンも見どころです。相変わらずリリィンにお仕置きをされるシウバの姿も……。

そんな感じでボリューム溢れる第六巻を是非とも堪能してほしいと思います。

ここで少し近況を。

子供たちが夏休みまっただ中である七月末に、十本は家族とある場所に行きました。

それは——サーカス。別に溜めて言うほど大げさなことではなかったのですが、サーカスというものを初めて経験した身としては、結構な人生イベントの一つでした。

まず驚いたのは人の多さ。これほどの人が集まるのかと思うほどの熱気に包まれており、夏真っ盛りということもあって、その場にいるだけで汗が止まらないほどでした。

早く始まれ～暑いぃ～と思いつつ列に並んで、いよいよ本番。巨大テントの中を真っ暗闇が支配し、皆が息を呑みます。

そしてサーカスの進行役ともいえるピエロが二人出てきました。そこからはずっと感動のしっぱなしでした。

空中ブランコもさることながら、綱渡りやジャグリングなどなど、どれも生半可な練習では到達できないレベルのものを見させて頂きました。

隣に座っている母親や、従妹とその娘も齧りつくように演者たちを見つめている中、いよいよ待ちに待ったライオンたちの曲芸が始まりました。

よくもまあ、百獣の王をこれほどまでに躾られるなと呆気にとられるほど、ライオンたちは次々と芸を見せていきます。しかもそこには笑いなんかもあったりして、本当に楽しい経験をさせてもらいました。

ただ一番感動したのは、やはりこの超人とも思える技の数々を、笑顔を絶やすことなく披露し続ける演者たちでした。

彼らの一つ一つの技は、血の滲むような努力の結晶であり、だからこそ人を感動させられるのだということが、強烈に十本の心を震わせました。

何事も人の心を動かすのは、やはり本気の努力の賜なのだ、と。

自分もまたこんなふうに誰かを感動させられるような作家になる、と改めて決意させられた一日でした。

最後に謝辞を述べさせて頂きたいと思います。

第六巻の出版に関わってくださったすべての皆様方には感謝しております。

第一巻から素晴らしいイラストを描き続けてくださっているすまき俊悟さんには、今回もお忙しい中、ファン垂涎もののイラストを描いて頂きました。

また漫画を描いてくださっている尾崎祐介さんにも、毎月『月刊ドラゴンエイジ』を読む度に、感謝がどんどん積み重なっていきます。

こうして順調に『金色』が続けられるのは、ファンの方々のお陰です。本当にありがとうございます。

もっともっと『金色の輪』を広げて、皆様方に楽しんで頂けるような物語を書く所存です。

ではまた、是非皆様にお会いできることを祈っております。

そして皆様が素晴らしき本に巡り会えますように。

十本スイ

次回予告

——そして半年の時を経て、

物語は《種族間戦争編》へ!!

金色の文字使い（ワードマスター） 7

勇者四人に巻き込まれたユニークチート

ファンタジア文庫

本格化する戦争下、ついに日色と“魔王(イヴェアム)”が出会う！
第7巻、2016年3月頃発売予定‼

ファンタジアBeyond http://www.fujimishobo.co.jp/beyond/
にて、連載中の、
【ユニークチートの異世界探訪記(イデア)】
の人気エピソード
＆ 書き下ろし新エピソードを追加！
外伝2巻15年1月
発売予定です!!

※内容・発売日は変更になる場合があります。

お便りはこちらまで
〒一〇二―八一七七
ファンタジア文庫編集部気付
十本スイ（様）宛
すまき俊悟（様）宛

金色(こんじき)の文字使い(ワードマスター)6

―勇者(ゆうしゃ)四人(よにん)に巻(ま)き込(こ)まれたユニークチート―

平成27年11月25日　初版発行

著者――十本(とおもと)スイ

発行者――三坂泰二

発　行――株式会社KADOKAWA
http://www.kadokawa.co.jp/
〒102-8177
東京都千代田区富士見2-13-3
電話　03-3238-8521（カスタマーサポート）

印刷所――暁印刷

製本所――BBC

※定価はカバーに表示してあります。
落丁・乱丁本は、送料小社負担にて、お取り替えいたします。KADOKAWA読者係までご連絡ください。（古書店で購入したものについては、お取り替えできません）
電話 049-259-1100（9：00～17：00／土日、祝日、年末年始を除く）
〒 354-0041 埼玉県入間郡三芳町藤久保550-1

ISBN978-4-04-070557-6 C0193

第29回ファンタジア大賞
原稿募集中！
賞金
大賞300万円
最強に面白い作品、
待ってるわよ！
選考委員
第17回受賞
第17回受賞
第20回受賞
葵せきな×石踏一榮×橘公司
「生徒会の一存」「ゲーマーズ！」
「ハイスクールD×D」
「デート・ア・ライブ」
×ファンタジア文庫編集長
締め切り
第29回後期
2016年2月末日
「空戦魔導士候補生の教官」
著：諸星悠　イラスト：甘味みきひろ（アクアプラス）
投稿＆速報最新情報
ファンタジア大賞WEBサイト http://www.fantasiataisho.com/
富士見ラノベ文芸大賞も同サイトで募集中